JN126547

あなたのえっちな夢は全部悪魔のせいだよ

Si Itteki
一滴しい

ILLUSTRATION 日塔てい

C O N T E N T S

01

扉を開けると、理想の男が立っていた。

長い脚に筋の浮いた硬質そうな腕。

秋の霧雨に見舞われた白い肌は大理石めいてひんやりとなめらかで、しとどに濡れたシャツがその身体にまとわりつき、鍛えた身体のラインを際立たせる。

見事なスタイルのその男は一九三センチの長身だ。ドアの上枠に手をかけてかがみこみ、甘い声でこちらに囁きかけてくる。

「今夜泊めてくんない？」

悪戯(いたずら)っぽく、耳に湿った息を吹きかけて。

「彼女に追いだされちゃってさ。まいっちゃった」

罪悪感の欠片(かけら)もない微笑(びしょう)すら悪魔のように魅力的だ。

怒涛(どとう)の色気と美貌に圧倒されて、幡手耀(はたてよう)の思考はすっかり処理落ちしてしまう。

「耀？」

反応のない耀を訝(いぶか)った男の首が傾げられる。その拍子に、高い鼻の先からつるりと雨水が滑った。

きらめく水滴がスローモーションのごとく落下して、耀の頬でぱちん、とはじける。

「？　あ!?　ああ……なんだ橙夜か」

その冷たさに、ようやく再起動した耀は、慌ててなんでもない態度を装って男を見上げた。

「なんだ、ってなんだよ。立ったまま寝てたの？」

目の前にいるのは確かに理想の男だが、すっかり拗ねて子供みたいに口を尖らせている。

「それより、ねえ、入ってもいい？」

耀がなんとか体裁を保とうとしても、好きな顔にキスができそうなほど近づかれ、舌っ足らずな調子でおねだりされると、あえなく骨抜きになりそうだ。それでも耀は組んだ腕で感情を押さえて咳払いひとつ。

「驚いたじゃないか、橙夜。こんな夜更けにまったくお前は。連絡くらいしろ！」

「へへ。でも耀、いつも家にいるじゃん」

月末はお前が来るかもしれないから、予定を入れないんだよ！

「余計なお世話だ」

本音は口に出さず、年上ぶったしかめっ面で返す。

「まあ、ちゃんと耀がいてくれて、助かったよ」

美しい男は、小言を言われたのが嬉しいみたいに、無防備に笑ってみせた。

刈間橙夜は耀の四歳下の幼馴染だ。

耀が九歳の春、河原で橙夜を拾って帰ったのが出会いだった。

橙夜は五人兄弟の末っ子だった。五歳の彼は大人びていて、気難しげに眉間に皺を寄せるのがみょうにさまになっていた。

橙夜は末っ子を構いすぎる家族が嫌で家出をしたらしい。

「僕は一人で静かに雨の音や夜の風の音が聞きたいのに、みんな鬱陶しいったらない」

はきはきした口調でまるい頬を膨らませる橙夜はとても愛くるしかった。

「だったら僕の家はさみしいから、橙夜くんは気にいると思う」

「ほんとう？　じゃ、案内して」

耀が誘うと橙夜は痛いくらいに強く手を握ってきて、家まで付いてきた。

当時、耀は両親にあまり構われない子供だった。

耀が生まれるとき、両親は張り切って一戸建てを購入し母は寿退社した。しかし父の事業の経営が悪化、立て直すために父は働き詰めになり、母は外資系の企業へ再就職、耀が小学校に上がるのと同時に欧州の支店へと単身赴任してしまった。

学校に友達は多くても、春休みが始まればみんな家族との旅行にでかけていなくなってしまう。

だから橙夜の登場は、耀には僥倖そのものだった。

　さっそく耀は橙夜にパンケーキを焼いて、ホットミルクに蜂蜜を入れた。お気に入りのおもちゃも捧げたし、風呂にも入れてあげて、新品のパジャマを下ろしてあげた。

　子供ながらに、彼に気に入られようと必死だった。

　夢中になりすぎて橙夜の反応もろくに見なかったほどだ。眠る前になってようやく、橙夜は一人になりたくて家出をしたんだと思いだすしまつだ。

「ごめんね、一人になりたいと言っていたのに」

　橙夜はきっとまとわりつかれて迷惑だっただろう。耀はしょんぼりして、寝台は橙夜に譲ってソファで寝ることにした。

　なのに橙夜は耀の布団の中にごく当然の様子で潜りこんできた。

「一人になりたいんじゃないの？」

　戸惑う耀の胸に、橙夜は頭を擦り寄せてくる。

「耀ならいいよ。耀は僕といたいんでしょう？」

　耀は特別だよ。秘密ごとみたいに囁いて、くすくす笑う橙夜に、耀はどきどきした。

　今日出会ったばかりの耀の腕に、橙夜はすっかり身を委ねてくれている。耀はこんなにまっすぐに特別扱いしてもらえて驚くと同時にとっても嬉しく、誇らしくなった。

　掌に触れることができる橙夜の身体の柔らかさと重さをとても大事に感じる。その夜、耀は彼を空腹からも寒い外からも遠ざけて、ずっとそばで守ってあげようと決めた。

翌日も、橙夜は耀と一緒にいてくれた。その次の日も、橙夜は耀の隣で笑っていてくれた。橙夜がそばにいるだけで耀は幸せだった。橙夜こそが耀の特別だった。

そんな満ち足りた日々は三日目の夜、帰宅した耀の父親が息子の数が多いと気づいた瞬間に、あっけなく終わった。

抵抗も容易(たやす)くいなされて橙夜と引き離された耀は、絶望して部屋に引きこもり、息をするのも辛いくらいに一晩中泣いて過ごした。

なのに橙夜は、翌日にはけろりと耀のもとに戻ってきたのだ。

「自分のパジャマを持ってきたよ。青いくま柄、耀は好き？」

何事もなかったかのような調子の橙夜に、耀は呆気にとられてしまった。

「どうして来たんだ？」

尋ねる耀に、橙夜は、なんでそんなバカな質問をする？　とばかりに首を傾げた。

「どうして？　耀に会いたかったからだよ！」

はじける笑顔とともに橙夜は耀に抱きついてきた。

「一晩ぶりだね耀！　会いたかったよ！」

きゅっと強く抱きしめられて、耀は初めて、嬉しくて泣いた。

耀にとって橙夜は大事で最愛の弟ぶんだった。ずっと守ってやろうと思っていた。

それなのに、橙夜が海外の大学に進学したため会えなかった四年のあいだに、彼は壮絶な変化を遂げてしまった。

空港の到着ロビーをランウェイかと錯覚するほど颯爽と歩く橙夜の姿を見たとき、耀は顎が外れそうになった。

どんなに姿が変わっても耀が橙夜を見間違うわけがないのだが。あれは誰。高い鼻をつんとさせて長い脚を優雅にさばき、太い腕で荷物を軽々と運んでいる男。あのひょろりとして神経質だった子供はどこに？

けれど橙夜は耀を見つけたとたん、顔面を笑顔でくちゃくちゃにして荷物を全部放りだして駆け寄ってきた。

「ただいま！　耀！」

そして力加減なしで抱きついてくるものだから、二人で空港の床に転がることになった。そのひたむきさは確かに耀の知る橙夜だった。なのに耀が橙夜の腕に包まれて感じたのは、今までの慈しむような愛ではなかった。酷く一方的で激しい衝動をともない燃えあがる……つまり耀は橙夜に恋をしてしまったのだ。

おかげでここ数年の耀は橙夜を前にすると、子供時代からの庇護欲と成熟した肉体に対する性欲とで心が引き裂かれそうになる。

耀は同性愛者だ。中学で自覚してから数年は誰にも相談できず周囲に心を閉ざしていた。大学でようやく仲間を見つけ、社会人として自立したころにはライフプランを立てる程度の心の余裕もできたので、真っ先に橙夜へカミングアウトするつもりでいた。

それなのに、当の相手に惚れてしまった衝撃で覚悟も吹っとび、いまだに家族にすら打ち明けられていないありさまだ。

考えてみれば最初から耀は橙夜が好きだった。恋愛感情に発展しなかったのは、愚かにも橙夜を家族と同じと思いこんでいたからにすぎない。

そんな恋心を隠したまま橙夜を自宅に招き入れるのは、彼への裏切りだろうか。とはいえ昔同様、突然訪ねてきては当然とばかりに上がりこむ橙夜を拒絶するなんて耀にはできなかった。

せめて橙夜に誠実でいられる距離を保ちたいが、橙夜はお構いなしだ。

「耀の部屋はいつも片付いているね。女っけもないのにさ。エロ本もないの？　あ、配信で見るタイプ？」

「どうでもいいだろう。ウロウロされると落ち着かない」

今宵も橙夜は耀の私物を漁り、自分にあてがわれたリビングのソファベッドの周辺を自分の好みに整えてゆきながらプライベートに踏みこみまくる質問を投げかけてくる。

持ちこんだ革製のスーツケースを簡易なテーブルに仕上げ、ランプと筆記具を並べた同色のトレイを載せる。それからカウンターにある観葉植物を脇に置いて、ソファの背には肌触りの良さそうなグレーのストールを丁寧にかけた。

素っ気ない耀の部屋をあっというまに小洒落た雰囲気に仕立てていくのはさすが職業画家だけあるが耀の心中は穏やかでなかった。

「ほら、ココアもせっかく作ったのに冷めてしまう。腹はへってないか？　サンドイッチでも作ろうか」

「サンドイッチ！　いいね。作って」

耀の呼びかけに、橙夜がようやくカウンターに収まってくれて耀はほっとする。

本音を言えば、耀の部屋にはエロ本どころではないエグい玩具が仕舞ってあるので、ウロウロされたくないのだ。

寝室の最奥にある小さな箱だ。厳重に鍵をかけているからバレないだろうが、知れば橙夜は引くだろう。引かれるだけならまだしも(橙夜が大人の玩具にどれほど知識があるかは知らないが)あからさまにアナル用の品揃えだから怖がらせてしまうかもしれない。耀、まさか僕にこれを使おうなんて思っていないよね？　などと誤解されて怯えられたらどうしよう。違うそれは俺用だ！　見てみろこのサイズと形状！　明らかに初心者用ではないだろう!?　と弁解してもただの変態表明でしかないし、想像するだけで三度は自分をくびり殺せてしまう。

そんな恐慌はおくびにも出さず、耀は橙夜に淹れたてのココアを手渡す。

「それで、今度はなんで追いだされたんだ？」

片眉をひょいと上げて、耀は高校教師の顔で問いかけた。

「はいはい、お夜食の前にお説教ね」

カップを受け取った橙夜は姿勢をよくして、神妙な顔をしてみせる。

お決まりの行事を形だけこなす彼の表情に、反省の色はない。

「ハイは一度。それで今月はなんだ？　浮気か？　喧嘩か？」

呆れた声が出てしまうのも仕方がない。

橙夜は月末になると同棲相手に追いだされる。

彼は声をかけてきた女性に興味を持つと、その圧倒的な容姿と輝くほどの笑顔を武器にあっというまに標的を骨抜きにして家に転がり込んで養ってもらう。

甘え上手で下半身がゆるく、いともたやすく浮気する。記念日は忘れる。部屋着でゴロゴロしているばかりの売れない絵描き。好き嫌いは激しく名前はまともに覚えない。あまつさえ部屋に他の女を連れこんだりするらしい。

容姿以外は追いだされる要素しかなかった。

追いだされるたびに耀の家に転がりこむので、そのたびに耀は橙夜に説教をしているが、一向に改善しない。月末の恒例イベントのごとく繰り返されている。

耀も内心では橙夜の改心は諦めており、高校教師という職業柄の義務感で小言を続けているだけに過ぎなかった。

「二股かけて喧嘩もしたけれど、今回は僕だけが悪いわけじゃないんだ」

「本当に？」

「そりゃ、僕のせいといえばだいたい僕のせいだけど」

橙夜と話していると耀はたまに、彼を名だたる芸術家たちと比較してしまう。

文明を拒絶して病死したり、理想を求めるあまりに気が触れたり、横暴な性格のせいで孤独になったり。まるで作品に魂を吸い取られているみたいに、破滅的な人物が目立つ。

橙夜の絵は、星の爆発を思わせる。不定形な図形に華やかな色を、幾重にも塗り重ねて描かれている。

世界中のあらゆる光が乱反射するような絵は、力強い。芸術的素養のない耀ですら圧倒されるほどの存在感だ。だからといって売れるわけではないというのが難しいところだ。

橙夜いわく、才能のある絵描きは世の中に溢れるくらいにいるが、価値のある絵でないと値はつかないのだという。価値というのは社会的に有名な人物からのお墨付きや時代の流行りに合うなど、多くの人の興味をひくストーリーを持つもの、つまり、運で決まるらしい。

魂を削るほどの情熱を注いで描いたものが、世間に認められないのは辛いだろう。

満たされない自己肯定感のしわ寄せがこのだらしない女性遍歴ならば、この程度は愛嬌の範疇かもしれない。まあ、明らかに愛嬌というには悪質だが。

　耀自身も手本になるような生活態度ではないので、あまり踏みこめずにいるところもある。そんな耀の手加減を正確に読み取って、橙夜は反省もせず誠意のない女性遍歴を重ねているのだろうが。

「実は先週から僕、不能になっちゃってさ」

　そんなよそごとを考えていた耀は、一瞬、橙夜のセリフの意味がわからなかった。

「不能？」

　理解できないながら耀はオウム返しにする。

「勃起不全、いわゆるＥＤってやつ？　なにやっても勃たなくてさ、エッチができないの。だから追いだされちゃった」

　まいっちゃうよねー、と橙夜はまるでひとごとみたいに肩をすくめている。

「えっ、不能？　なぜ？　それは大丈夫？　というか、どうしてだ？」

　いま橙夜は衝撃的な事実をさらりと言わなかっただろうか。動揺しすぎて文章が上手く組み立てられず、耀は壊れた機械のようになぜと繰り返してしまう。

「大丈夫だよ。お医者さんに診てもらったけど機能的な問題はないって。経過観察に通院は必要らしいけど、自然と治るそうだよ」

　耀を宥めるように、橙夜がぽんぽんと肩を叩いてくる。

「いたって健康体だから医者も首を傾げているよ。原因はストレスくらいしか思いつかないみたいでさ」

「ストレス……？」

愕然として、耀は目を剥いた。

「それが今月の追いだされた理由。おしまい！　で、気がすんだらサンドイッチ作ってよ。ホットサンドね。チーズとハムたっぷり入れて」

「橙夜が、不能になるほどのストレスを……？」

信じがたい事実をぶつぶつ繰り返しつつ耀は機械的に冷蔵庫から食材を取りだし、ホットサンドメーカーにセットする。

「びっくりするよね。僕がストレス？　悩んでいる自覚はないのにな。決まった家がないのが駄目なのかな」

橙夜はまるで危機感もなさそうだが、耀はもはや息も絶え絶えだ。橙夜が大変な状況だというのにも気づかずに、のん気に説教していた自分が信じられなかった。指が震えてハムがうまく取りだせない。

「そんな、状態のお前を、お前の彼女は、追いだしたというのか……？」

酷くないか？　と、ぜえぜえと息を切らしながら、耀はなんとかコンロの火をつける。

「大げさだな耀、落ち着いてよ、よくあることだってお医者さんも言ってたよ」

「不能だからと追いだされるのはよくあることじゃないだろう!?」

のん気にしている場合じゃないだろ？　人の気も知らないで！　と、耀は逆上気味に訴える。

「まあ身から出たサビだね。浮気相手に性病をうつされて勃たないんじゃないかと彼女に疑われたわけ」

「EDだと説明はしたんだろう？　血も涙もない！」

耀は勢いあまってカウンターに身を乗りだして、橙夜に詰めよった。

橙夜が自業自得なのは耀も頭では理解している。けれど、心はそう簡単に片付かない。

月末になればこちらの都合も考えずに押しかけてくる橙夜を、内心では歓迎していた。

橙夜に恋人を取られた男が刃物を振り回しながら追いかけてきて警察沙汰になり引越しを余儀なくされたときすら、橙夜が自分を頼ってくれたのが嬉しかったくらいに。

「性病がなんだ、浮気がなんだ！　お前をモノにしたいならそのくらい覚悟しておけよ！」

「いや、付きあう前は大丈夫だと思っていても、本当にされるとキレちゃうもんだよ」

勢いこむ耀に橙夜がなだめるように言うが、耀の頭は熱くなるばかりだ。

「俺はしない！　お前がどんなだって許す！」

「はは、耀相手なら僕だって浮気なんかしないよ」

冗談だと思っている様子の橙夜の笑顔に、耀の気持ちはますます高ぶってしまう。

「俺がお前の彼女だったら絶対お前を追いだしたりしないのに！」

耀は感情のままに橙夜の頭をぐしゃぐしゃとかきまわす。

「……それって慰めているつもりなの？」

おとなしく頭をボサボサにされながら、橙夜が上目遣いで問いかける。

「もちろんそうだ。お前はだめなところも多いが、最高にいい男だからな。きっと、お前の魅力がわからない女性だったんだ」

「……ありがとう、そう言ってくれるのは耀だけだよ」

興奮しながら訴えていると、おもむろに橙夜が耀を抱きしめてきた。

「おっと……はは、なんだ、甘えん坊だな」

カウンターに引きずりあげられそうな力強さに内心激しくうろたえつつも耀は極力自然な動きで橙夜の背に腕をまわす。彼としてはお礼のつもりなのだろう。久々に抱きしめた橙夜の胸は耀の腕がまわりきらないほど分厚かった。手も、成人男子の平均より大きめの耀の肩すらすっぽり包みこめる大きさで、耀はときめきで声が上ずらないよう腹に力を込めた。

「お前には、もっと相応（ふさわ）しい恋人がいるはずだ。大丈夫、お前なら出会える。献身的で、お前を信じてくれて、お前も、よそ見する気にもならないくらいに魅力的な人が」

心からそう訴えると、耳元で、橙夜がほっと湿った息を吐く。

「そうだね、そんな人を手に入れられたら、きっと幸せだ」

ピピ、と遠慮がちに、キッチンタイマーが鳴っている。それでも橙夜は強く耀を抱きしめたまま動かない。耀はそれが嬉しかった。ずっと永遠にこのままでいたいくらいに。

橙夜の世話を焼き終えてようやく一人でベッドに入ったあとも、耀はしみじみと先程のハグの余韻に浸っていた。

抱きしめられて浮ついて、ちょっと焦げたホットサンドの味もわからなかった。

頭身の高い橙夜はすらりとして見えるとはいえ、長身だから、当然耀より手足のパーツが大きい。本当に何もかも立派だった。

何もかも立派……と繰り返して、いかがわしい方向に想像力が傾きそうになるのを、耀は慌ててかぶりを振ってごまかした。

橙夜が大変なときだ。不埒(ふらち)な妄想に耽っている場合ではない。

「勃起不全とは心配だ。おおごとだろう」

気持ちを切り替えようと敢えて口に出して呟いた。橙夜は平気そうにしているが、男としての自尊心を失っているかもしれない。本業よりもセックスで生活が成り立っていそうな橙夜だ。仕事道具を失ったのと同じではないだろうか。

健康面に問題はないのは良いがストレスが原因となれば治療法もあってないようなものだ。それはそれで不安だろう。

助けてやれることはあまりなさそうだが、せめて栄養バランスのいい食事とリラックスできる環境を整えて、橙夜のケアを心がけよう。ついでに自分の生活も立て直そう。

耀は常々、自分はセックス依存症なのではないかと疑っている。

橙夜が新しい彼女を作って耀の部屋から出ていくたびに、耀は夜の街に飛びだして一夜の相手を探してしまう。橙夜が次の相手と上手くいって、もう二度と自分のもとに帰ってこないかもと想像すると、心が乱れて誰かに抱かれたくてたまらなくなるのだ。

体格がよくて、体力がある相手がいい。食いあうみたいに夢中でセックスをしている間は、悩みも不安も忘れられる。自分をすっぽり抱きこめるくらい大きな男が一晩付きあってくれるのなら尚よかった。

自分でもわかっている。これは根本的な解決には程遠い代償行為だ。

よし、この機会に禁欲だ。橙夜は性的不能が治るまではきっとこの部屋にいるだろうし、己の心の問題にきちんと向きあう時間もあるはずだ。

そんな決意をしていると、ふいに寝室のドアがノックされた。

「どうした？」

「寝床が変わると眠れなくて」

ドアから覗(のぞ)いた顔はもちろん橙夜だ。裸足(はだし)のまま戸口に立って、枕を抱えて、みょうにもじもじしている。

「なに言っているんだ。いつもそこで寝ているじゃないか」

耀は嫌な予感を覚えてベッドから起きあがり、無意味にラジオ体操のように腕を振る。

「でも、眠れなくて……」

耀より大きくなったのに、橙夜は器用にも、すくいあげるふうに耀を見上げてくる。

子供のころと同じ、子犬めいた眼差しに、耀の庇護欲は痛いくらいに刺激された。

「眠れないのか？　なにかしてやれることはあるか？」

言うほど目の下に隈(くま)は見えないが……と訝りつつも、ほとんど反射的にそう口に出してから、しまったと思う。

「そんなに心配しないで。でも今夜は甘えちゃおうかな」

案(あん)の定(じょう)、橙夜はけろっとした様子で微笑(ほほえ)んで、決定的な要望を口に出した。

「ねえ、耀、一緒に寝てもいい？」

「……」

それは駄目だ絶対にやめてほしい。

「……このベッドで？」

耀は喉に詰まった声を咳払いで誤魔化(ごまか)して、強い拒絶の台詞(せりふ)をなんとか押し殺す。

大人になった今でも、橙夜はこちらの都合も考えずに耀の部屋へやってくる。けれど寝室にまで押し入ってくることはなくなった。

寝室のドアはいつもしっかり閉めていた。橙夜がそちらに行こうとすると、耀は必ず呼び止めた。その遠回しの拒絶を察してくれていると思っていたのに。何故今。

「俺のベッドはセミダブルで、俺とお前が寝るには狭い」

本当に困る。耀は橙夜が好きなのだ。一緒に寝たりしたら、だらしない耀の身体はどんな反応をするかわからない。橙夜に不信感を抱かれたら、この関係は終わってしまうのに。

「平気平気、余裕があるよ」

「全然ないだろ、無理だ」

断ったつもりなのに、橙夜はずかずかと寝室に踏みこんできた。

「ほら、余裕がある」

唖然とする耀の前で、橙夜は我が物顔で耀の寝台に転がると、自分だけでぎゅうぎゅうのスペースに、無理やり作った隙間を見せてくる。

「俺は子犬サイズか？」

「大丈夫だって、僕、寝相がいいから。知ってるでしょ？」

橙夜は拒まれないと確信した笑顔を見せている。こうなると耀が勝てた例(ためし)はない。

「だめだ、起きろ。もうお前は立派な大人だろう」

それでも耀は往生際(おうじょうぎわ)悪く橙夜を追いだそうとシーツを引っ張った。

「わかってないなあ。大人こそ一人寝が寂しいもんだよ」

耀の微妙な抗議にもちろん効果などない。

「別に初めてでもないし、いいだろう？」

「それは子供のころの話だ」

「最後に寝たのは僕が海外留学する直前だ。あのとき、僕の身体はもう大人だったよ」

「あのころとはサイズが全然違うだろうが……」

思いだす。あれは耀が大学から久しぶりに帰省した夏だ。遊びに来た橙夜から海外留学することを打ち明けられた。

空調が効きすぎて、肌寒いくらいの部屋だった。

一七歳の橙夜は確かに記憶よりも成長していたが、手足は青い稲のように細かった。

『本当は耀に相談して決めたかったけど、耀ったら全然帰ってこないからさ』

橙夜は耀が大学に進学してから、連絡も碌にしなくなったことを暗に責めていた。もう来週には出てしまうから一緒に寝ようとねだられれば断れなかった。

一晩中、耀は眠れなかった。

久々に見る橙夜の寝顔を眺めるだけで、耀は愛おしさに胸が詰まった。

まだ頼りない印象の橙夜が海外でやっていけるか心配だった。ゲイの自覚という、自分の問題でいっぱいになって、橙夜の成長を見守ってやれなかった自分の臆病さを今さらながらに後悔して、ひっそりと泣いてしまった。

帰ってきたら橙夜に迷惑がられるくらいに目をかけてやろうと、その時耀は心に決めたのに。結局大人になっても臆病さに拍車がかかるばかりで、あいかわらず橙夜のほうから会いに来てもらっている。

「大きい僕は嫌い？」

「まさか！」

脊髄反射で否定すると、橙夜は勝ち誇った満面の笑みで耀を手招く。

「じゃあ一緒に寝よう？」

こうなると、耀はもうなすすべもない。

耀は全身の空気が抜けそうな大きなため息をひとつ吐くと、橙夜の隣に滑りこんだ。

平気そうに見えるが、もしかしたら橙夜はＥＤのショックで、無意識に助けを求めて、いつも以上に甘えたになっているのかもしれない。ならば受け入れないと。

「耀はちょっと小さくなったんじゃない？」

「一言多いな、お前は」

横になると、さっそく橙夜の太い腕が耀の腰にまわり、当然のように引き寄せてくる。

耀は抵抗したが、平均以上の成人男性二人には狭すぎる寝台だ。ほどなく耀の背中と橙夜の腹部は密着して、耀は、ひたすら心頭滅却につとめる。

「耀はいつも体温が高いね。赤ちゃんみたい」

首筋に、橙夜の満足そうな吐息がかかってくすぐったい。

「……赤ちゃんはお前だろう」

変な声が出ないよう、耀は低く押し殺した声で返す。

着慣れたパジャマは生地が擦れて薄くなっているから、橙夜の大きな手の感触をつぶさに伝えてくれる。

その硬さと熱さに、耀の下腹部が不随意にびくびくと震えた。自分の身体の感じやすさを橙夜に知られたくなくて、耀はことさら身体をこわばらせた。

「……お前の手だって熱く感じる」

「そうかもしれない」

眠気のせいか、いつもより掠れた声が耳元に吹きかけられる。

息を詰める耀の脚の間に、橙夜の長い脚が割りこんでくる。

「耀って抱き心地(ごこち)がいいよね」

「太ったと言いたいのか？」

むっとして返すと、違うよ、と橙夜は小さく笑う。

そしてするりとボトムスのなかに手を入れてきた。

「……？」

「あれ、耀ってここ全部剃っているの？」

一連の行動が流れるように自然だったので、耀は抵抗するタイミングを失い、気が付いたら急所を握られていた。

「すね毛は処理してるって聞いていたけど、ここまですべすべ？　ちょっと倒錯的だな」

「おい、なにをするんだ」

下腹部をまんべんなく撫でられて、耀はびっくりしすぎて感情が追いつかない。

「んー、だってね」

背後の橙夜はいつもどおりの口調なのに、耀の局部から手を離す気配はない。それどころか指を動かして、耀の敏感な部分を揉んでくる。

「自分のモノが勃たないとさ、手が寂しくなるんだよ」

「お、おま、そ、だからって」

激しく動揺しているせいで抵抗もままならないまま、身体ばかりが刺激に大喜びで反応して性器を固くする。

「耀って反応いいね。すべすべでさわり心地もいいし」

「やめろって」

「ふふ。声が上ずってるよ。気持ちいいんでしょ？」

橙夜の長く美しい手は見た目よりもゴワゴワとしている。

売れなくとも、作品作りは続けているのだろう、情熱を感じる指だと、現実逃避気味な感想を浮かべつつ、橙夜の手にリズミカルに扱きあげられる快感に思わず腰が揺れる。

「あっ、だめだ」

恥ずかしい、とても気持ちがいい、いったい何が起こっているんだ!?

脳内に飛び交うあらゆる感情にもみくちゃにされながら、耀は震える手で彼の手を引き剥がそうとした。

「そんなに恥ずかしがらないで。興奮しちゃうから」

そんな耀の恐慌を知ってか知らずか、橙夜は上機嫌で耀の頬にすり寄ってくる。

「もう濡れてきたんじゃない？」

愛しい人の声に混じる仄かな欲情を感じて、耀は涙ぐんで頬を赤らめた。

こんな状況なのに、ちょっと喜んでいる自分が信じられない。

揶揄されたとおり耀のそこはもう完全に勃起してはじけそうだ。遠慮もなく先端をくじる橙夜の指を、引き止めるように先走りの糸で濡らしている。

「うう」

どうして俺の身体はこんなに快楽に弱いんだろう。

情けなくなってうめく耀の頭を、橙夜の大きな手が撫でる。

「気持ちよくなったら泣いちゃうの？　かわいいね」

年上に向かってなんだその物言いは、と返したいが、橙夜の手付きはあまりにも的確だ。

橙夜の……好きな人の手のなかで、自分の欲望が育てられている。我慢できるはずがなかった。駄目だ、と幾ら足掻(あが)いてみたって恋する身体は正直だ。そこはどうしようもなく上向いて固くなり、渦巻く熱が外に出たいと暴れている。

「さきっぽが好き?」

「はなせって……アッ」

びくっと腰が跳ねて、我慢できずに、どぷり、と少量の白濁を漏らしてしまう。

顔から火が出そうだった。

「やめろって……とうや」

「なんでここまで来て、我慢しちゃうの」

橙夜は耀の竿の裏筋を、猫をあやすがごとくにくすぐった。刺激はあくまで優しいとはいえ、容赦(ようしゃ)なく敏感な部分をいじめてくる。

「ほら、全部出しちゃおうよ」

指で輪をつくり、ふっくらしたカリを何度も撫でまわし、はくはくと喘ぐ鈴口を、親指の腹の部分で何度も擦る。

耀は鼻声をもらしながらも奥歯を噛み締めて必死で無駄な抵抗を続けていた。ただ手淫されているだけなのに、かつてないほどに気持ち良くて、もう流されてしまいたかったが、橙夜の手を自分の欲望で汚してしまうのがどうしても嫌だった。

「ほら、いってみせてよ」

「いや、だっ」

「おねがい耀」

橙夜が耀の耳たぶに噛みついた。

同時に、大きな手で握りつぶすような強い刺激を与えられる。

「〜〜〜〜!!!」

急な痛みと本能的な恐怖が、理性の鎖を粉々にする。

耀はとうとう耐えきれなくなって、ひきつる喉の奥で悲鳴を上げながら、腰をつきあげて、絶頂の予感に、きつく目を閉じた。


「ハッ!」

勢いよくまぶたが開いて、耀はしばらく状況を把握しかねた。

視界には見慣れた自宅の天井。窓の外はうす明るく、そろそろ起きる時刻だろう。

起きあがり隣の部屋を覗くと、橙夜はソファベッドですやすや眠っている。

「夢?」

ひとりごち、なるほど夢かと、ほっとする。

「いやはや……とんでもない夢を視(み)てしまった」

耀は冷や汗を拭った。

成長した橙夜に胸が高鳴る瞬間は多いが、彼への後ろめたさから具体的な性行為の妄想は忌避(きひ)感があった。だというのに、ついに箍(たが)が外れてしまったのだろうか。

深くため息をついてから、ようやく、自分のボトムスの前が大きく盛りあがっていることに気づいて、がっくりと肩を落とす。

俺はそんなに欲求不満なのか？

02

橙夜は大家族に生まれ育った。二人の姉と二人の兄を持つ末っ子だった。家族は皆悪い人ではなかったが、賑やかな環境は生まれつき感覚が鋭かった橙夜には苦痛だった。

心が安らぐのは一人で絵を描いているときだけだった。画用紙に心ゆくまでクレヨンで色を塗り重ね、中央に好きな物をひとつふたつ描きこんだ。いつか博物館で見た虫入り琥珀(こはく)を真似(まね)たものだ。樹脂に閉じこめられた虫は、何千万年も当時のままの姿を保っている。

美しい、静かで完全な世界。それが橙夜の理想だった。

けれど末っ子を構いたがる家族に囲まれての制作は困難を極め、一人で外に出たのが家出の始まりだ。近隣での小一時間の外出でも、いつも橙夜はこっぴどく叱られた。大人になった今なら家族の対応は当然だと理解できるが、五歳の橙夜には逆効果でしかなく、叱られるたびに逆上して　鉄砲玉のように家を飛びだしていたものだった。

　その日も五歳の橙夜は、走りに走って、草むらで見つけたかっこいいバッタを勇んで描いていた。そして耀を見つけたのだった。

　九歳の耀は、草原でひょろっと一本だけ飛び抜けた草みたいだった。夕日に照らされてきらきらひかる川を眺めながらゆらゆら身体を揺らしている様子は危なっかしかった。

　この子はジサツするのだろうか。

　橙夜は無邪気に考えた。ちょうど昨夜観ていたドラマで、ジサツした役者が、耀とそっくりの表情をしていたのだ。

　可哀想（かわいそう）だな、と橙夜は思った。ドラマの男はビルから飛び降りていた。一番上の兄が橙夜に、それはジサツだと教えてくれた。だからジサツっていうのはきっとすごく痛いのだろう。よれよれしている目の前の彼が耐えられるとは思えない。

「止めたほうがいいよ」

　引き留めようと、橙夜は耀に駆け寄ってその手を握った。すると彼はスイッチが入ったみたいに跳ねあがり、まんまるの目で橙夜を見てきた。

「きみ、どうしたの？　ひとり？　迷ったの？」

すかさずこちらの心配をしてくるから、橙夜は笑ってしまった。彼のほうがよっぽど迷子みたいな顔をしているのに。

「お兄ちゃんも一人でしょう？」

「僕はこれから家に帰るところなんだ」

そうか、ジサツはしないのかとほっとした。だが、まだ油断は禁物だ。

「僕は家出したばかりだからまだ帰らないよ。お兄ちゃんの家どこ？」

彼の家まで見送ってやるつもりで、しっかりと手を繋ぎなおして尋ねると、彼は戸惑いがちに橙夜に尋ねた。

「じゃあ、うちにくるかい？」

今度は橙夜がびっくりする番だった。知らない子供を家に誘うのは悪い奴だ。だから付いていったらいけないと、五歳の橙夜だって知っているのに。

でも、耀は全然悪い奴に見えなかった。そもそも、彼もまだ子供だ。

橙夜はいまいちど、耀を見つめた。太陽はいよいよ西に傾き、耀は真っ赤な夕日に染められていた。彼の暗い目は、まるでそこだけ真夜中のままみたいだった。

「いいよ」

その暗さが不安で、橙夜は耀の手を更に強く握った。一人で置いてはおけない。

耀の家はがらんとしていた。耀が不器用に橙夜の世話をしてくれた。どれほど夜がふけても誰も帰ってこなかった。

これでは、静かな時間のない橙夜の家のほうが、よっぽどましだ。

不器用にパンケーキを焼いて、自分より小さな子どもに気に入られようとぎこちない笑顔をつくってみせている。

そんな様子が、捨てられた犬みたいで可哀想だった。

せめて元気付けてやろうと、夜、橙夜が耀の寝床に忍びこむと、ふいに耀が笑った。

その笑顔があんまりにも、ぱっと電気がつくみたいに劇的で、それなのにとても静かだったから、橙夜の心臓はどきどきと跳ねた。こんなに音もなく、綺麗に笑う人を知らない。

「君の髪はさらさらで気持ちがいいね」

橙夜の頭を撫でながら、怖がっているみたいに囁いてくる。誰かに触れることに、慣れていない手付きだった。橙夜は彼に、誰とも混じりあえない孤独を感じた。

それが、とても綺麗だと思った。

橙夜は、このまま耀を、琥珀のなかに閉じこめたいと思った。

自分も一緒に閉じこめれば、耀も寂しくないだろうし。

それが橙夜の初恋で、いまだにずっと続いている。

「行ってらっしゃい」

学校へ出かける耀を、橙夜は玄関まで見送りに行く。

「昼飯、作っておいたから、ちゃんと食べろよ」

あれから二十年以上たった今でも、橙夜には耀の笑顔がきらめいて見える。

「そこまで気をつかわなくてもいいのに」

口ではそう言いつつも、橙夜はまんざらでもなかった。耀が橙夜のためにしてくれることならなんだって、過剰なくらいが嬉しかった。

「それよりも自分の世話も忘れないでよ」

橙夜が彼の歪んだネクタイを整えると、耀は年下の橙夜に世話をされる不本意さと、構われた嬉しさに、耳の先をわずかに染める。

「……でもお前、放っておいたら適当な物で済ませるだろう？」

「はいはい。もっともらしいこと言って、俺に手料理を食べさせたいんでしょ。孫に会う田舎(いなか)のおばあちゃんみたいにはしゃいじゃってさ」

「はは、それはあるな！　食べてくれる人がいると、張り切ってしまう」

大きな目を眩しそうに細めて、耀は照れ隠しに整えた髪を撫でる。

彼の丸い指先が、健康的な肌色の首筋まで撫でつけると、耳の後ろでくせのある毛がくるりと丸まる。

色っぽいなあ、と橙夜はひっそり思う。

なめらかな首筋に、指を這わせてキスをしたくなる。

黒目がちの大きな目と、癖のあるふわふわの焦げ茶の髪が、学生みたいに見えるのを耀は気にしていて、ことさら髪をぴっちり撫でつけて、大げさに大人ぶった物言いをする。

ぽってりとした唇に、きりっとした眉。おまけにトラッドな服装を好むから、ちょっとやぼったいところも可愛いと橙夜は思う。

「ちゃんとした物を食べないから病気になるんだ」

「僕、別に栄養失調で不能になったわけじゃないけど」

「心と身体は繋がっている。栄養バランスのいい生活は精神にもいい。まずは基本から……」

言いながら、耀は湧きあがるあくびを噛み殺した。目が潤んでいる。

密なまつ毛にふちどられて飴玉みたいにひかる目に、橙夜は惹きつけられる。

「眠そうだね。昨夜は僕が来たせいで眠れなかった？」

「いや、お前は今更だ。ただ、眠ったけれど寝た気がしないというか……」

もごもご言いながら耀が目元を擦る。それは僕のＥＤが心配だったから？

橙夜は彼に、心の中だけで問いかける。

それとも、僕の夢を、視たせいかな？

「それってやっぱり僕のせいじゃない？」

「えっ？　なにが？」

たまらなくなって問いかけると、耀はびっくりした顔で橙夜を見る。

「なにがって、ずいぶん早くから起きて食事の用意をしていたよね」

「あ？　ああ、まあ、そうとも言えるな。……うるさかったか？」

耀は嘘が下手(へた)くそだ。目を泳がせながらしどろもどろで返してくる。

「ううん。むしろ僕、耀のたてる音を聞くのが好きだよ。足音とか、まな板の上の包丁の音とか。安心する」

橙夜は耀の動揺に気づかないふりをする。

「それなら良かった」

耀は優しく目尻を下げて鞄(かばん)を持ち直すと、再び、前髪を後ろに撫でつけた。それでも柔らかい髪がひとふさ額に残る。その無意識の隙のようなものが、どうにも彼を魅力的にしている。

橙夜の身体の奥から、独占欲が湧きあがる。

耀を他人に見られたくない。本当は閉じこめて自分だけを見ていてほしいのに、物分り良く見送らなければならない朝は、嫌いだった。

「じゃあ、行ってくる。あ、医者にもちゃんと行けよ」

「心配しないで、昼に予約取ってあるよ。行ってらっしゃい……」

背伸びして橙夜の頭を軽く撫でると、耀は名残惜しげにドアを開ける。抱きしめて繋ぎとめてしまわないよう、橙夜はバイバイと片手を振って笑顔をつくる。

「気をつけてな、橙夜」

「ふふ。それは僕のセリフだよ」

ドアが閉まったとたんに、橙夜の笑顔はたちの悪いものに変わった。

「本当に可愛いな……毎年可愛さ更新してない？　誘拐されないか心配だ……」

橙夜は想い人の可愛さを反芻（はんすう）してだらしなくやにさがる。その表情を、耀が見ればきっと別人だと思うだろう。

「まあとにかく、第一段階は成功だな」

全身黒のサイクルウェアにバックパックを背負い、ロードバイクで一時間ほど。

目的のビルは、外観こそ周辺に立ち並ぶ灰色の倉庫群と変わらないが、内部は防音も空調も完璧に保たれている。

三階は天井が高く、縦長の採光窓がある広々としたアトリエと簡素な休憩スペース。

二階は作品と、橙夜の趣味で収集している骨董（こっとう）類を保存するための薄暗いフロア。

一階のエントランスには、巨大なプロジェクタスクリーンと重厚な一枚板のテーブルを備えた商談用の部屋があり、奥には、本格的なジムエリアが用意されている。

急な来客を嫌うオーナーの意向で、エントランスにあるインターフォンはフェイクでセキュリティは要塞なみに万全だ。

都心臨海部の一角に、橙夜はビルを持っている。


橙夜が小学校の高学年に上がったころから、耀が急によそよそしくなった。

橙夜を嫌っているわけではないようだが、いつもビクビクしていた。橙夜が不審がって質問すればするほど、耀はますます距離を取った。ショックだったが、耀もまた橙夜を傷つけていることに傷ついている様子だったので途方に暮れてしまった。

けれど橙夜はやがて、耀には深刻な悩み事があって、それを橙夜に知られたくなくて、心を閉ざしているのだと気が付いた。

つまり打ち明ける相手として自分では不足と思われているのだ。

悔しかったが、だったら頼もしい男になるまでだと前向きに決意し、進学先を海外に決めたのが高校時代。

幼いころから橙夜は本格的に絵画を学んでおり、小規模ながらも数々の展覧会で入賞を果たしていた。協調性のなさは自覚していたのでフリーで活動してゆくつもりだった。

国内で芸術家になるのは難しく政府からの援助も心もとないので、橙夜は世界に目を向けた。むろん目の前の山は険しく何年も耀に会えなくなる。辛いが、耀に相応しい男になるにはこの程度の試練は乗り越えなければと奮い立った。

血のにじむような努力のすえ、無事にドイツの美大に進学したものの、それは更なる苦難の始まりだった。

美大は圧倒的な個性と才能が溢れている。ただ絵が好きなだけで明確なビジョンもなかった橙夜の作品は明らかに霞んでいた。その事実に打ちのめされて、課題の制作は難航した。

人生初のスランプと耀に会えない寂しさを紛らわそうと筋トレとワンナイトラブに逃避しているうちに、あっというまに腹筋が割れて異性関係がただれてきた。

そんな筋肉と恋しさの煮こごりの日々は、とある美術館で唐突に終わりを告げた。

橙夜を敵視している集団の嫌がらせに引っかかり、橙夜は展示品の壺を割ってしまったのだ。

日本のあらゆる名家に愛されてきたという、つややかでころんと丸い陶器の茶入は、どこか耀を彷彿とさせて橙夜のお気に入りだった。それが、自分への悪意の犠牲となった。

涙も出ないくらいに悲しくて、あんなに絶望したのは初めてだった。

けれど価値ある壺の損壊は、橙夜に素晴らしいインスピレーションを与えてくれた。嘆くだけでいいのか？　そう気づいた途端に橙夜は筆を取った。

そして持ちうる限りの怒りと不安と絶望と、恋しさと孤独の全てをカンバスにぶつけた。砕けた壺の破片をイメージした鋭角的な図形の周囲に、鮮やかな色が爆ぜている。その背後にあるのはぞっとするほど真っ暗な闇だ。

サイケデリックな色彩の奥にある、強烈な孤独感は世情にぴったりだったようだ。

特に斬新な作風ではなかったと思うのだが、美術館の壺を壊した不運な男というストーリーが一部の有名人の琴線（きんせん）に触れたようで、あれよあれよという間に権威ある賞に輝き、オークションではゼロがバグったのかという値段が付いた。不本意な成功だったが、運も才能のうちだと橙夜は受け入れた。

以降、橙夜は、好きな色と形をしたあらゆる物を破壊して、砕ける瞬間をカンバスに描きとめるようになった。

そうやって生みだした作品はいつしか、壺の損害賠償額を軽く上回っていた。

卒業時にはすでに大きな画廊と契約を結び、新進気鋭画家の地位を獲得していた。

メディアへの顔出しは避け、プライベートは秘密。主な取引は欧米諸国の信用のおけるキュレーター経由。アーティストネームを使い、展覧会への出品も制限している。

完成作品はここから直接空港へ搬出し、売上は海外送金してもらう。

もてはやされたり騒がれたりするのは煩（わずら）わしいだけなので、国内の活動は信用のおける知人に小品を制作するのみだ。

昨年から営業もエージェントにまかせた。

ということで橙夜は制作の時間以外は心置きなく耀の攻略に費やしている次第だ。

それなのに耀には、いまだに橙夜があれこれ世話をしてやらないとなにもできない保護すべき子供に見えているらしい。

好物はパンケーキとココアで、頭を撫でていい子いい子されるのが大好きだって。

そんなばかな。僕はもう二十八歳だ。

……と、否定するのは簡単だが、耀を悲しませるくらいなら、誤解されたままでいい。

自分でも、耀の前では不気味なくらいに子供ぶっている自覚がある。そのほうが耀が喜ぶと学んでいるので自動的にそういう言動に切り替わってしまうのだ。

うわ、またやってしまったと後悔しても、耀が、『まったく、うちの橙夜はこんなに大きくなっても、中身は小さな子供のままなんだから！』と言わんばかりのとろけた表情をしているのを見ると、仕方ないなあ！　そうです！　これが僕です！　と更に悪のりしてしまう。

そうやって、幼いころ二人きりで過ごした、あの箱庭のような世界を守り続けている。

たとえそのせいで、橙夜の恋心が全く伝わらないのだとしても。

「それにしても、耀の目はどうかしてるよな。こんなに良い身体をした幼児がいるかよ」

「だったらそう言えばいいだろうに」

　ジムエリアでワークアウトの準備をしつつ独り言を漏らせば、部屋の奥から返事があった。

「そんな簡単な話じゃねえんだよ」

　橙夜は驚くことなく、声のほうに顔を向ける。

「気づいていないのかと思っていたが」

「黙ってるから壁の染みかと思ったんだよ」

　壁際に設置しているベンチに、幻のような男がいた。

　凍るようなプラチナブロンドに色のない眼差し。細身で青白い身体を黒いスーツで包み、部屋の暗がりに溶けこむように腰掛けている。

　神経質そうなその面はおそろしく端整だが、心を奪われるというほどではない。

　悪魔にしては、の話だが。

「で、なんの用？」

「契約書の承認を得て正式な書類を作成してきた」

「あ？　適当に置いておけばいいだろ」

「お前のサインが必要だ。契約内容に不備や疑問点がないか最終確認をしろ。あとで騒いでも解約できんぞ」

　男が数枚綴(つづ)りの書類をぴらぴらと見せてペンを差しだしてくる。

「契約するときもだらだら長い契約書読まされたじゃねえか」

「そのときも碌に読んでいなかっただろう」

「だいたい俺はお前が本当に悪魔なのかまだ疑っているんだが」

ふん、と顎を上げて橙夜は尊大に返す。

「なぜだ。昨晩お前は想い人の夢に入りこめていたではないか」

不機嫌そうな男の紡ぐ声は、まるで地の底から響くようで、本能的な恐怖を煽るが、橙夜には効かない。

「は？　お前俺がただいつものように、えっちな耀の夢を視ただけじゃないって証明できる？　なあ思羽さんよ」

わざと名を呼ぶ橙夜に、男は嫌そうに顔をしかめる。

「証明は難しい。私は能力を与えるだけで、お前の夢には介入しない契約だ」

「そりゃそうだ。耀のあられもない姿を見られてたまるか。だいたい見ず知らずの、しかも悪魔をそうそう信用できるかよ」

「見ず知らずというわけでもない」

「ア？　いつ会った？」

「会ってはいないが、お前が十四歳のころ小遣いをはたいて星の命名権を買っただろう。マイシャイニングスター耀と名前をつけられたアレは私の作品だ」

などと淡々と思羽がコメントするから、思わず逆上する。

「だからなんだよ！　買ったはいいが暗くて全然見えやしねえクソみたいな星だったぜ」

「私は星を作る才能に乏しく、燃える星を生みだすことはできないのだ」

八つ当たりを思羽は重く受け止めて、目元に影を落とす。

「やっぱ低級悪魔だけある」

「低級ではない」

思羽は、馬鹿げた会話にも、大真面目に応えてくる。

橙夜は、思羽は妄想癖の激しいだけの、ただの人間じゃないのだろうかと何度も疑った。けれど、現在、思羽の背後にある大きな鏡にはその黒いスーツの姿は映しだされていない。代わりに見えるのは、オウムのような大型の白い鳥だ。

悪魔ならば、鴉なんかの黒い鳥じゃないのか？　と橙夜は思うのだが、思羽の説明によれば、黒が悪という定義は人間が勝手に作りだしたものに過ぎないそうだ。

「俺のなかに居候しているくせに？」

「仕方なかろう。人間界では姿を保つだけで消耗する」

そんな悪魔と橙夜は今、他人には見えない、細い鎖のような物で繋がっている。

思羽は先月、壺から出てきた悪魔だ。

壺というのは橙夜がフリマサイトで落札したばかりの物だ。

着払いで届いた現物は汚れてはいたが美しい細工(さいく)が施されていた。

掘りだし物かもしれないとワクワクしながら、橙夜が壺にこびりついていた汚い紙切れを洗い落とすと、中からぬるりと思羽が出てきたのだった。

思羽は悪魔を自称し、封印を解いた件について、高圧的に礼を述べてきた。

さらにお前と契約したい。精力をもらうかわりに願いを叶えてやろうと交渉してきた。

感謝もろくにせず、契約を持ちかけてくるなんて図々(ずうずう)しい。

むっとしたものの、橙夜は現状を受け入れた。

国宝級の壺を割った時と比べれば、安い壺から悪魔が出た程度、どうということはない。

無視してもよかったが好奇心も疼(うず)いた。

『落としたい相手がいるから手伝ってくれる?』

『いいだろう』

そんな経緯で、橙夜は、悪魔に取り憑(とつ)かれている。

契約の証として悪魔とは鎖で足首を繋がれる。それを伝って悪魔は橙夜の精力、つまり男性機能を吸い取り、かわりに自分の魔力を宿主である橙夜に与える。

用がない限り悪魔は橙夜の身体のなかにヤドカリのごとく引っこんでいる。

正直いえば自分の足から悪魔が出たり入ったりするのは、痛みはなくとも気持ち悪い。

魔力の代償として男性機能を奪われるのもすごく嫌だ。

そもそも耀以外の存在と繋がるなんてまっぴらごめんだが契約なので仕方ない。

耀を手に入れるまでの辛抱(しんぼう)だ。

橙夜の考えた計画はこうだ。

まずはいつもの調子で耀の部屋に転がりこみ、耀の夢に介入して淫夢を視させる。

つまり、今回、橙夜が彼女に追いだされたというのは、耀の家に居候するための嘘だ。

もともと耀の庇護欲をかきたてるために貧乏ヒモのふりをしているだけだから、いまさらこの程度で橙夜の良心は痛まない。

「たしかに今朝の耀はぎこちなかった。でも耀はよく挙動不審になるからな。そういうところがまた可愛いけどさ」

「幡手耀は今朝靴下を左右逆に履(は)いていた。靴紐も結び忘れていた。かなり動揺している」

「そういえば早朝シャワーを浴びていたのもえっちな夢を見て身体が熱くなったからかな。肌とかしっとりしていて、色っぽかったな」

まんざらでもない、と橙夜はにやりとする。

耀は鈍くて真面目で世話好きだ。いつ連絡しても仕事以外なら橙夜を最優先してくれるし、部屋のインテリアも量産品の家具ばかり。恋人はいないの？　と訊(き)くといつも『特定の人は』とはぐらかす。表現が引っかかるがただ見栄(みえ)を張っているのだろう。恋人がいたとしても長続きしないはずだ。だって高校教諭として働きつつ、手間のかかる橙夜にかまけていたら、他人と付きあう暇なんかないだろうから。

そんな耀が生まれてこのかた経験どころか想像したこともないような、ミラクルでワンダーなあらゆるいやらしい愛撫をされたら、夢であったとしても、きっと動揺する。

しかも相手が、弟のごとく慈しんでいる橙夜ならなおさらだ。

以前耀を、高校教師って女子高生にモテるんでしょ？　女子高生にときめいたりしないの？　と茶化(ちゃか)したことがある。

そのとき耀は「生徒にもてても困る。彼らはもちろん可愛いが、それは赤ん坊に感じる可愛さと同じ感情だ。あんな幼い子に欲情する奴の気がしれない。本当にありえない」と、かつてない真顔で引いた。

つまりいまだに五歳児扱いの僕は論外中の論外……？　と凹(へこ)んだが、逆境をプラスに変えられる精神力が橙夜の強さだ。

快感は背徳的であればあるほど抜けだせないもの。

思羽の説明によれば、橙夜の支配する夢での経験は、現実の耀の肉体に影響を与える。

かつ、夢の世界は絶頂直前で途絶えるので常に寸止め状態だという。

耀だって、さすがに欲求不満になるだろう。

夢の相手が目の前にいるときたら魔が差すかもしれない。

橙夜はセックスに自信がある。どんな要求にも応えられる。

もちろん最初の抵抗は大きいだろうが、昼間は子供みたいな橙夜が夜はアダルトに豹変したら、耀もときめいてくれるはず。ギャップ萌というやつだ。

そうやって耀の身体から搦め取って抜けだせなくなってから愛を告白してハッピーエンド。完璧だ。

「いつもの夢で妄想する幡手耀と、昨夜の夢の幡手耀は違うところがあっただろう」

「そうだったかな……」

耀が可愛かったことしか覚えていない。

「あ！　……そういえば違うところがあったな」

「なんだ」

「教えるかよバーカ！」

思わず子供みたいに言い返してしまう。

そうだった、昨夜の耀は陰部の毛を全剃りしていた。

それは橙夜の想像力の及ばなかったところだ。

「ほら、いつもの夢とは違っていただろう、あれが本物の幡手耀だ」

勝ち誇った様子の思羽は気に食わないが、あれと同じ夢を、耀も視ていたのかと思うと、ますます頬が緩んでくる。

今朝の耀が、やけに橙夜から目を逸らしていたのは、恥ずかしかったのだろう。

思羽から、対価として男性機能を差しだせと言われたときは抵抗があったが、結果的に助かった。そうじゃないと、我を忘れて耀を襲っていた。

今だって、手の中に、耀の固く上向いて濡れた欲望の感触が残っている。

気持ちがある相手と触れあうという行為は、こんなにも破壊力があるものなのか。なけなしの理性など簡単に砕かれそうだった。

気を付けねば。骨抜きにはしたいが、無理やりは本意ではない。

セーフガードとして、耀が本気で抵抗すれば橙夜は夢から追いだされると思羽から説明を受けてはいるが、いきなりのハンドジョブでも無事だったから当てにならない。

今夜は昨夜の無体を謝罪して、じっくり時間をかけてマッサージでもしてねぎらって、あわよくば唇が腫れそうなくらいにくちづけをしてみよう。

「しかしそんなまわりくどい手段を取る必要はあるのか」

妄想に耽溺（たんでき）している橙夜に、思羽が首を傾げる。

「あ？　なに？　まだいたんだ」

「お前こそ話の途中で寝るな」

橙夜の、マイペースに妄想に没頭する性質にも慣れた様子の思羽は、やれやれとばかりに肩をすくめる。

「言いたいことでもあるのかよ」

「いや。お前は私に、幡手耀の心が欲しいと頼みさえすれば良いのではないか。私は人間の心くらい簡単に操れる」

理解できない様子の思羽に、橙夜は呆れて肩をすくめる。

「お前アホだな。僕は耀と恋人になりたいんだ。支配したいわけじゃない。だから自力で耀の気持ちを勝ち取る必要があるんだよ。お前はただの俺のサポート。そもそも、お前が耀の心を変質させたら、それはもう耀じゃない」

立板に水の勢いで反論する橙夜を、悪魔は半目で眺めていた。

「……まあお前の野望に水を差す気は全くないが」

「なんだその言い方引っかかるな」

「私は口を出す立場ではないか。私はお前から、愛について学ばせてもらう」

「なるほど、バカにしているんだな？」

「とにかく、契約をしたからには協力は惜しまない」

「当然だ。なにを威張(いば)って言ってんだ」

耀を手に入れる作戦はまだ始まったばかりだ。

自信満々でいる橙夜は、自分がまともな恋愛経験を積んでいないことにも、耀がまったく初心(うぶ)ではないことにも、まだ気づいていなかった。

03

「あれっ、耀」

出勤しようと玄関で靴を履いている耀を、橙夜が呼び止める。

「どうした？」

「靴下、ちぐはぐだよ」

あっ、と見下ろすと、たしかに靴下の柄が左右で違う。

「耀ったらときどき抜けているよね」

「部屋が暗かったから間違えたんだ」

くすくす笑われて耀は耳から湯気が出そうなほど恥ずかしかった。

自分ではしっかりしているつもりでいるのだが、つい襟（えり）を内側に折りこんだり左右違う色の靴下を履いたりして出勤してしまう。そのたびに生徒たちに、先生ったらまたぼーっとしているんだから！　とからかわれるのだがどうにも直らない。

せめて橙夜がいるときくらいは立派な社会人のお手本になろうと気を張っていたのだが、とうとうやらかしてしまった。

「仕方ないなあ、僕が靴下選んであげる。まだ時間あるんでしょう？」

「いや、先生は始業時刻のずっと前から学校にいるものだ」

「そういうのやりがい搾取っていうんじゃない？」

そう言って、橙夜は、すぐすむから！　と、耀を玄関から引っ張りあげてしまった。

相変わらず、言いだしたらきかない子だな。

まあ、橙夜に靴下を選んでもらうのもいいかなと思い直し、耀は促されるままダイニングの椅子に腰掛けた。

橙夜は床に座りこむと、耀のクローゼットから取りだした何足もの靴下を吟味している。

自分の靴下に真剣に悩んでくれる橙夜が愛おしくて、しばらくはうっとり見守っていた耀だったが、あまりにも悩んでいるので、さすがに焦れてきた。

「靴下なんかほとんど見えないのにそんなに悩むことか？」

問いかけると、もちろん！　と、橙夜は迷いのない眼差しで耀を見返してくる。

「見えるか見えないかの場所に拘るのが粋の真髄だよ。っていうか、耀の靴下って地味なのばっかりだな。シャツもジャケットもネクタイも地味なのに。差し色くらいしようよ」

「だからって派手な靴下なんか履けないよ」

「ちらりと裾から覗く意外さがオシャレなんだよ」

「俺は無難なのが一番落ち着くからいいんだ」

「なんで……あっ！」

靴下を脱ごうとスラックスの裾を上げると、橙夜が声を上げた。

「なんだ？」

「耀ってソックスガーター使ってるんだ」

興奮気味にふくらはぎに留めてあるベルトを指さす。

「生徒の前でだらしない格好はできないからな。これがあるとずり下がらないんだ」

ちょっと自慢げに耀は答える。ガーターには拘りがあって良い物を使っている。

「靴下の柄は間違えるのに？」

「それは今日たまたま……」

反論の台詞は、急に踵を掴まれて、不自然に途切れる。

「へえ、いいね。耀に似合う」

さっきまでの無邪気さはどこいった？　というほどねっとりした雰囲気で橙夜がふくらはぎに顔を近づけてくるから、耀はぎょっとした。

「似合う似合わないの問題じゃ、ヒャ！」

そのまま、ぺろりと足をなめられるものだから声も裏返る。

「シャツガーターもつけているの？　見せてよ」

「いや、だから出勤……」

「見せるだけならすぐでしょ？」

くすくす笑いながら、橙夜の手が這いあがってきて、耀のボトムスのラインをなぞる。

耀は慌てながらも、なんとか気持ちを落ち着かせようとしきりに髪をかきあげる。いつから、こんなエロスな展開に？　ガーターか？　ガーターがいけなかったのか？

「皺ひとつないシャツっていいよね。耀はきりっとしていて姿勢もいいし……」

そんなことを言いながらフロントジッパーをゆっくり下ろしてくる。

「そういう綺麗なもの、どろどろに汚したくならない？」

思わず耀は手を止める。抵抗しなければと思うのに彼から目を離せない。

橙夜の赤い舌。欲にけぶるその目つき。ごくりと、鳴った喉の音だけが奇妙に耳に残る。

なめらかな手付きでボトムスを脱がされて、ぽろりと性器を取りだされる。

「ねえ、耀、ここを舐められた経験はある？」

笑いながら先端に舌を伸ばす口元から、唾液がひとすじ、耀のそれに落ちていく。そのさまにうっかり気絶しそうになりながら、耀はようやく思いあたった。

ああそうか、これはいつもの夢だ。

最近よく視る夢だ。橙夜にいやらしいことをされる夢。あんなに橙夜を自分の妄想で汚してはならないと自制していたのに、一度箍が外れれば毎晩この有様だ。自分の節操のなさにほとほと呆れてしまう。

仕方ない、自分に欲情してくれる橙夜は、こんなにも魅力的だ。

「……舐めてくれるのか？」

勇気を出しておずおずとねだり、耀は身体から力を抜いた。夢なら彼の誘惑を拒まなくていい。現実の橙夜に迷惑をかけるわけではないのだから。そう自分に言い聞かせる。

「耀、気持ちがいいの好きだものね」

夢の中の橙夜は、耀の知っている彼より意地悪だ。

「そんなことを言うなよ」

気持ちいいのは誰でも好きだろうと内心返しつつも、照れた調子で目を逸らしてみせるのは、夢の中の橙夜は初心な態度を好むからだ。自覚はなかったが、自分は橙夜に初々しく見られたい願望があるようだ。

橙夜はソックスガーターを残した耀のふくらはぎを、愛おしげに撫でながら耀の足の間に顔を近づける。

「耀、見ている？」

耀を上目遣いで見つめながら、橙夜は大きく口を開き、ぱくりと耀の性器を咥えた。

「アッ」

ぬるりとした粘膜に包まれる感覚に、耀は思わず声を上げる。

「ふふ。気持ちいい？」

口の中に耀を入れたままで、橙夜はくぐもった声を出す。

耀は、叫びだしそうになる口を手で押さえながら、橙夜が自分の性器に奉仕するさまを食い入るように眺めた。

橙夜のブロウジョブは、上手とは言えない。よく歯が当たるし音だけやたら立てたがる。けれど彼の赤い舌が自分の幹に絡むさまや、薄い唇に自分の性器が吸いこまれるさまを見ているだけで、耀のそこは面白いくらいに興奮して固くなっていった。

でも、まだイキたくない。もっと見ていたい。

ぐっと奥歯を噛み締めて橙夜を見ていると、耀の我慢に気づいたらしい橙夜が、目元だけで微笑んで、指を後ろに這わせてくる。

袋の裏側、女性ならばそこに性器がある部分。そこをくすぐって、押さえつけてくる。

「ふ、ん」

会陰（えいん）を刺激されながら先端を吸われると、身体の中の快楽の糸がぴんと張って、耀は思わず腰を浮かす。

ああ、でも、まだ。

「今日は粘るね」

橙夜も楽しそうだ。両手で耀の双丘をわし掴んで、欲望を頬張る。

「あ、それ」

尻の肉を揉まれると、後ろが疼く。はくはくと収縮を始めるそこに連動して、前も更に上向いていく。

「お尻、気持ちいいの？」

気づいた橙夜が口を離し、耀の顔を覗きこむ。

橙夜の口の粘膜から自分の匂いを嗅ぎ取って、耀は欲情に浮かされ腰をくねらせる。

「ああ、もっと揺らして」

こう？　と細かく臀部を揺らされて、耀は感じ入った声を出す。

肚の中での快楽を覚えた身体には、その振動がたまらなかった。

もっと揺らしてほしい。できればお前の、欲望でたぎる太い杭を俺の中に打ちこんで。

さすがに夢でも橙夜に向かってそんな生々しいことは口に出せない。物欲しそうな耀の顔を、熱く見つめる橙夜を前に、耀は性器に触れられることなく、絶頂に駆けあがる。


「耀、居候のお礼に出勤用のコーディネイト組んでみたよ」

翌朝、昨夜の夢と似た展開に、耀は若干顔を引きつらせながらも橙夜に礼を言った。

「それにしても耀のワードローブって、地味な色ばっかり……」

「あ、明るい色の靴下でも履いてみようかな……！」

夢の中と似たような台詞まで言い始めた橙夜に、思わず耀はそう返した。

「本当？　じゃあ僕、耀にスーツをプレゼントするよ」

「靴下の話をしていたんだが？」

「せっかくだから、耀をトータルコーディネイトしたい！」

勢いこむと夢でも現実でも橙夜は聞く耳を持たない。

「……あんまり派手なのはやめてくれよ……」

夢か現実かわからなくなるじゃないか。そんな想像に怖くなる。いつか、現実の彼にまでいやらしい期待をしてしまいそうで。

「やった、楽しみにしているね。僕好みに仕立てるよ」

「俺の好みじゃないのかよ」

笑いながらも、喜んで、と前のめりになりそうなのをぐっと堪える。橙夜の好みに染められるなんて、金を払ってでもしてもらいたいくらいだ。

「そうか……じゃあ俺もお返ししないとな……」

ノリでそう言ってから、耀は橙夜にプレゼントをあげたことがないことに気づいた。

子供のころから橙夜の誕生日が近づくたび、耀は彼にプレゼントはなにがいいかと尋ねた。橙夜はいつも物はいらない、二人きりでお祝いをしてほしいとだけ望んだ。

橙夜は幼いころから芸術家肌で拘りが強かったから、他人が選んだ物など使いたくないのだろう。そう諦めて、せめてもと頑張って作ったコース料理をおぼつかなく説明する耀を眺める橙夜は毎年とびっきり嬉しそうで、なるほど俺の作った料理がそんなに好きなのかと耀は自信をつけたものだった。

　海外留学の際も、橙夜が望んだのは耀の手紙だ。手書きの手紙を月に一度、耀の写真とともに送ってほしい。あとはなにもいらない。そんな健気なおねだりをするから耀はいたく胸を打たれた。そして、毎月、心を込めて長い手紙をしたためた。

　しかし今は同居中で、豪華な料理でお返しとするのもピンとこない。手紙を書くのもそばにいるんだから口で言えと思ってしまう。それに一つくらい、形のある物を受け取ってほしかった。いつか橙夜が耀から離れた時に、ふと思いだせるよう。

「そうだ、実用的な物はどうだろう？」

　しかし実用的な物とは？　と、耀は再び頭を悩ませ、悩みすぎた挙げ句に通販サイトのボタンを押したのが数日前。

　現在、耀は真剣な眼差しで橙夜の下半身を眺めている。

「あのさ、耀」

「じっとしていろ」

　橙夜は仰向けの状態でソファベッドに寝かせられている。

「ＥＤの治療にはストレスの軽減と血行の促進。ようは身体を温めることが大事だ」

耀は極力淡々と説明しながら、慎重に橙夜の上にかがみこんだ。

「マッサージしてくれるってこと……？」

いまいち状況を理解していない橙夜は不安そうだ。

「それより、とっておきのがある……なんだと思う？」

「なんだろう……想像もつかないよ」

橙夜が、ごくりと生唾を呑みこむ。

彼の立派な喉仏が上下するさまに、目が釘付けになりそうなのを悟られぬよう、耀はことさらしかつめらしい顔で、手の上にある物を披露してみせた。

「高周波治療器」

「高周波治療器」

そこにあるのはオセロの石よりひとまわり大きいくらいの、数個の金属の円盤だ。

「肩こりの治療器具だが、血行促進効果があるから、下半身の血流にも良さそうだ」

以前友人から、これを使ったらモノが大きくなったと推された物だった。

耀は特別自分のサイズに不満がないので惹かれなかったが、あまりにも友人が絶賛しているので一応キープに入れておいたのを、急に思いだしたのだ。評価サイトを調べてみると案の定、ＥＤ治療にも効果的という投稿がある。

橙夜のＥＤの治療状況について、耀は橙夜が自主的に話してくれるのを待っていた。

だが初日にしてくれた簡単な説明以来、橙夜はまるでＥＤのことなど忘れたかのようにいつもどおりで、気を揉んでいるところだ。

見かけは元気そうだが、一ヶ月してもいまだ耀の家にいるなら完治はしていないはず。通院を続けろとしつこいくらいに口にしているが、デリケートな問題なので『そろそろ勃起したか？』とか、『精液は出たか？』などとフランクに話題を振るのも気が引ける。

かといって気にしないふりも薄情な気がするし……と悩んでいたので、治療器をプレゼントすることで婉曲的に体調を気遣っているアピールができると閃いたわけだ。

お返しとしては微妙なチョイスだが、まあ、肩こりにも効くみたいだし。

「まずは下腹部と鼠径部(そけいぶ)だな」

戸惑っている橙夜に、やはり失敗だったなと後悔しつつも、もはやあとには引けない。きびきびと電器店の店員よろしく耀は器具の説明をする。

「服越しでも使えるから、衛生的だし、気軽だろう？」

耀は橙夜の下腹部を中心に、器具をぽんぽんと置いていく。

橙夜の身体を性的な目で見ないよう気をつけても、ボトムスの布地越しとはいえ性器の周囲に金属の塊(かたまり)を置くと、否が応でも中央の盛りあがりに視線がいく。

「……できるだけ長い時間つけておいたほうがいいそうだ」

それにしても橙夜……いつのまにか立派になって……。

うっかりみょうな感慨と興奮で詰まった胸を咳払いで誤魔化す。今は彼の治療の手助けをしようとしているのに、ふしだらな妄想に耽っている場合ではない。

「……耀、こういうのは必要ないよ」

「でも、効果があるかもしれないだろう？　俺は橙夜に元気になってほしいだけだ」

「俺は元気だよ。股間がおとなしいだけで」

「ソレは健康とは言えない」

ふてくされる橙夜のそばに腰掛けて、耀は彼の腕をぽんぽんと叩く。

「はやく元気になってまた外に飛びだして騒動起こして俺に迷惑かけてくれよ」

「耀は俺をドラ猫かなんかだと思ってるの？」

「そのとおりだ」

と、冗談めかして頷いてみせる。

本当は女の子のところなんかに行かずに、ずっとここにいてほしい。でもそんな本音を伝える勇気はない。彼の兄のような立場は、あまりにも心地が良いものだから。

「耀兄、恋人できたって本当？」

校舎の廊下で突然話しかけられて、耀は目をぱちくりさせて振り返った。

「噂になっているよ」

耀より十センチ程度低い目線で、にこにこと邪気のない笑顔を見せているのは幡手智葉。

高校三年生、耀の年の離れた弟だ。

「智葉、学校では幡手先生と呼びなさい」

「はあい。幡手先生」

つまらなそうにしながらも、ちゃんと呼びなおす智葉に、耀は微笑む。

智葉は天真爛漫だ。耀の勤務する高校に入学した日、入学式真っ最中の体育館で耀を見つけ、『耀兄！』と叫んで手を振ってきたので彼らが兄弟なのは全校の生徒が知ることとなった。

耀としては幾ら可愛い弟といえども学内では生徒と教師であるべきだと弟を避けているのだが、智葉は気にせず子犬みたいにじゃれついてくる。そうなれば耀も無視できない。正直とても嬉しいので、ついデレてしまうのだ。

「幡手先生、最近色っぽいって」

「なんだって？」

智葉の台詞に耀は目を剥いた。

「お弁当、最近手作りですね。前までコンビニのパンがせいぜいだったのに」

ハッとして振り返ると、次は移動教室なのか智葉のクラスメイトが後ろにぞろぞろ続いていた。

「スーツも新調しましたよね」

「良いスーツでしょ、これ。奮発したんじゃないですか?」

「眠そうに目をこする回数が増えましたよね」

「ええ……よく見ていますね」

生徒たちの立板に水の勢いの指摘に、耀はさすがに少し引いた。

「恋人ではないですよ。それから弁当は僕のお手製です」

「えー。幡手先生が?」

がっかりする生徒たちに苦笑する。この年頃の子は本当に色恋話が大好きだ。

「近所の子を預かっていてね。彼の弁当を作るついでです。おかげで睡眠不足ですよ。スーツはお礼にいただいた物です」

近所の子というのは身長一九三センチの二十八歳児で、スーツは彼自身にプレゼントされた物だが。嘘は言ってない。

「えソレって橙……」

察しのいい智葉を肘でつついて牽制すると、彼は素直に口を閉じてくれる。

「幡手先生って私生活でも面倒見がいいんですねー」

感心した調子で生徒がため息をつく。

「恋人が子持ちで、その子を預かっているという可能性は?」

どうやらまだ諦めきれない様子の生徒にもにこりとして、かぶりをふる。

「ないですね。期待に沿えず申し訳ありません」

フリーなことだけは自信満々に断言できることに、自分でちょっとむなしくなるが。

「そもそも、僕に恋人がいようといなかろうと君らになんの関係があるんです……」

「だってウチらの先生だもん！」

「恋人できたら教えてほしいです！　お祝いします！」

生徒たちが一斉に反応する。

「はあ、それはありがとう。いいから、さっさと教室に行きなさい」

「はあい」

素直に返事をしてぞろぞろと去っていく生徒たちをやれやれと見送る。

しかし、子供というのはよく物を見ている。

私生活を職場に持ちこまないよう気を配っても、溢れるものはあるようだ。

仕方ない、大好きな相手が家で待っていて、行ってらっしゃいとネクタイを整えてくれて、おかえりなさいとハグをしてくれるのだ。浮かれもする。

橙夜の家事スキルは洗濯機のボタンが押せる程度の、いわゆる役立たずだが、彼が同じ空間にいるというだけで、耀の人生のステージは上がる。

笑顔を見せてくれるだけで、料理を作るパワーが湧くし、仕事にも張りが出る。

しかも橙夜は毎朝眠い目をこすりながら、その日着る服をセレクトしてくれる。

ただ、プレゼントされたスーツが、そんなに良い物だったのは困った。橙夜は稼ぎが少ないのだから、贅沢は控えてちゃんと貯金するべきだ。

しかし、色っぽいか。

耀は、俯いて赤面した。

それに関しても、心あたりがありすぎた。

橙夜が来てから毎晩のように夢を見る。どれもリアルでセクシャルな夢だ。

彼の手の感触、丁寧な愛撫にイキそうなのを我慢して、指先がびりびりしたことまで覚えている。

おかげで日常のなにげない瞬間に、今夜こそ本番かな……などと、息をするように期待してしまう。授業中はさすがに集中しているが、それ以外のときは、うっかり夢の内容を思いだして、激しい羞恥と罪悪感で壁に頭がめりこみそうになる。

いつも絶頂の直前で目覚めるのも厄介だ。寸止めの残滓を引きずって欲求不満だった。

橙夜には申し訳ないが、今夜は馴染みのゲイバーに遊びに行かせてもらおう。

せめて気の置けない相手とくだらないネタで笑って発散したい。

それで、後腐れない誰かを紹介してもらって、あわよくば休憩コースでも。

そうと決まれば今日はできるだけ早めに帰ろう。

「橙夜さんが来ているならすぐ帰る？」

そんな決意をしているさなかに話しかけられて、耀は飛びあがって悲鳴を上げそうになるのを辛うじて堪える。

「……なんだ、智葉。友達と教室に行かないのかい？」

「んー、それがさ。母さん、また父さんと喧嘩したみたいで」

智葉は言いづらそうに眉を寄せてこちらを見上げてくる。

「今朝、母さんが大量の小麦粉の塊を仕込んでいたからさ」

「なるほど」

耀は苦笑した。

耀の母親は、五年の海外赴任を経て、本来の明るさと自信を復活させて帰国した。

そのころには父親の会社も持ち直し、生活は豊かになっていた。

そして耀が中学のころ、次男の智葉が生まれた。

当時、ゲイを自認したばかりで悩んでいた耀にとっても無垢(むく)な赤ん坊は癒やしで、両親とは距離をおきつつも、育児だけはまめに手伝ったものだった。

智葉が保育園に預けられる年齢になると、母は自宅のリビングをカフェに改装した。

海外赴任中にすっかり趣味となったらしい母の焼き菓子のレシピは、採算度外視のバターをふんだんに使ったサクサクの食感が好評を博し、近所の奥様方のたまり場となった。

母はふくよかでおおらかになったが、家から出ることが減ったぶん夫婦喧嘩などで鬱憤がたまると大量の小麦粉にぶつけて発散する。

怒りの焼き菓子の量はいつも尋常ではなく、母のプロ意識から店頭に並べないので、いつも智葉と父が苦心して片付けている。

「だったら今晩寄るよ。今は二人分引き取れるしな」

困った様子の智葉を元気付けたくて調子良く引き受けてから、内心しまったと思う。

智葉のことは愛している。彼が生まれたおかげで幡手家は持ち直した。

けれど、それは両親が、長男である自分には与えなかった愛情を、智葉に注いだからだ。

耀の実家はいまや、明るくて賑やかで、焼き立て菓子の甘い香りが漂っている。

そんな実家を見ると、どうしようもない疎外感を覚える。

昔、両親は生活を立て直すため、耀を物質的に不自由のないよう育てるために、耀を孤独にするしかなかったのだと理解はしていても、子供時代の記憶は、大人になった今でも耀の心に暗い影を落とす。

いくつになっても割り切れない自分に自己嫌悪してしまうので、実家にはあまり出向きたくないのだ。

「本当!?　助かるよ！　母さんいつも怖いくらいの量を僕に押しつけてくるから」

「ランチに配ればクラスメイトは喜ぶんじゃないか？」

「でも学校まで持ってくるのは僕だよ？　見てよこんなにか弱いのに、ボストンバックいっぱいに持たされるんだから」

智葉はカカシみたいに細長い手を広げて、ふてくされる。

「はは、それは大変だ」

弟の頼みは断れない。

案外しっかり者の弟に、絶対行くという言質を取られてからようやく解放された耀は、重い溜息をついてスマホを取りだした。

『すまない、実家に寄るから遅くなる。夕飯は先に食べてくれ。母さんの焼き菓子もらってくるからお楽しみに』

『わかった。こっちは心配しないで。耀のお母さんのお菓子ひさしぶり』

メッセージを送ると、すぐに可愛いスタンプとともに短いメッセージが返ってくる。

それだけで耀は気が楽になった。

まあいいか。今は家に橙夜がいる。彼は耀を必要としてくれて、電光石火でメッセージを返してくれる。

大人になった耀には実家以外にも居場所がある。職場や、自宅や、行きつけのバー。もう親を待って寂しい思いをする必要はないのだ。

『冷蔵庫に作り置きのサラダとチキンの煮物、冷凍庫にカレーも』

『大丈夫だって。ちゃんと食べるよ』

おいしいお菓子を濃いめのコーヒーとともに橙夜と食べれば、きっといい思い出に変わるだろう。

『気をつけて行ってらっしゃい』

なんでもない一言に、いってきます、と小声で囁くと、口元からむずむずと微笑みが滲みだしてくる。

『欲しい物があったら買って帰るぞ』

『なにもいらないよ』

可愛い笑顔を浮かべたしろくまのスタンプは、橙夜になんとなく似ていた。

橙夜はもしかしたら、天使なんじゃないかな。

天使なんて見る機会もないだろうが、きっと白くて大きくてふわふわで、人を襲わないしろくまみたいなものだろう。

そんなことを考えて、心をほわつかせた数時間後、耀は本物の天使に会うこととなった。

実家は耀の勤める学校から車で三十分ほどの距離にある。

大通りから一本逸れた道沿いの一軒家は、建て増しのせいで少々歪な外観だ。

焼き立ての菓子の匂いを纏(まと)って迎えてくれた母は上機嫌だった。

喧嘩の原因は、食事の席での父の読書らしい。面白くて止まらなかった、と言い訳をしたのがまた母の神経に障ったようだ。私の料理よりも本が大事だっていうの？　怒った場面を再現しつつも母は笑っていた。

賑やかで華やかな食卓を、耀は家族と囲む。

父は今年が暖冬というニュースに、母は流行りのお菓子のレシピに盛りあがっている。てんでばらばらの会話をしている時のほうが不思議と仲がいい。

料理はすべて大皿で、テレビは誰も見ておらず、ダイニングの照明は明るすぎる。ほとんどの物がいつもどおりの家族の食卓。

その中で弟の智葉だけが一言も喋らず話しかけられもせず、無表情に座っている。いつも食事も忘れて夢中で喋っている智葉が、静かにただ座っているのは異様だった。そんな智葉の様子に、彼を溺愛する両親がまったく気づいていない。

「君はいったい誰だ？」

ぞっとして耀が問いかけると、智葉は口を開いた。

「私は天使だ」

そういうことらしい。

「人間の言語の中では、『天使』が私たちを表すのに最も近い言葉だ。父から賜った個体名もあるが、天使の真名を人間が耳にすると、気がふれてしまうようで教えられぬ」

食後、智葉の自室で、天使は耀に自己紹介してきた。

両親が息子の変化に気づかないのは、魔法をかけているからだそうだ。魔法、というふざけた言葉に笑いもしない智葉は、まるで人の皮をかぶった機械のような違和感がある。

「個体名が必要なら、白丸の大福と呼んでも良い」

「しろまるのだいふく」

「初めて人間界に降り立ったとき、タイハクオウムの姿で半世紀ほど、人間の愛玩物をしていたものでな。毎日のようにそう呼ばれていたので慣れている」

「タイハクオウム」

状況が把握しきれない耀はしばらく天使の発言をオウム返すばかりだ。

「それで、俺の弟はどこにいる」

眼の前の男が天使か、それとも催眠術師の犯罪者かの判別は耀にはつかないが、常識では太刀打ちできない存在なのは確かのようだった。

「お前の弟はここにいるだろう？」

困惑する耀に、あたり前の事実を聞くな、とばかりに天使が自分の身体を差ししめす。

「君は俺の弟じゃない。見かけはそっくりだが」

「そのとおり。この器はまさしくお前の弟。私は彼の身体を借りている」

そう言って、天使は壁際にかかっている鏡を差しめした。耀はそこに映った智葉の背中から、白い翼が伸びているのを見た。

「……上手なトリックだな？」

「そうだな、こういうこともできる」

天使が軽く指を曲げると、耀の身体が突然自由を失って床から浮きあがる。

「仕掛けは？」

驚いたが、そういうマジックもあるかもしれないと、自分に言い聞かせる。パニックになってはならない。

「疑り深い人間相手はほとほと面倒だ」

やれやれとため息をつきながら天使は耀を丁寧に床に戻す。

耀の身体に自由が戻ったとたん、天使の周囲にふわりと風が舞い、一瞬その輪郭に金の光と翼が重なって見えた。朝焼けにも似た、この世ならざる美しさに、耀の身体に本能的な震えが走る。

目の前にいるものは、たしかに人間ではないと、急に悟った。

「つまり君は智葉に取り憑いているのか？」

ようやく追いついてきた危機感が、耀の全身を戦慄させた。

「取り憑くというのは言葉が悪いがまあ、憑依している」

「弟から出ていってくれないか？」

天使はごくわずかに眉を上げてみせるだけだ。

「それはできない。天使は人間界に、実体を持たないと長居できないのだ」

「どうして天使が人間界にいる必要がある。空に帰ってくれ」

「そうしたいのは山々なのだが、任務で来ているのでな」

「任務？」

そうだ、と天使は深く頷いた。

「私は三十年前に逃亡したとある悪魔を追っている」

天使の次は悪魔か、と耀は思った。これが真実だというのなら、天使の本名など聞かなくとも充分気が狂いそうだ。

「彼は堕天使だ。強力なアカビタイムジオウムの器に封印され監視されていたのだが」

「アカビタイムジオウム」

「変化の術を習得して天界の監獄から逃亡したのち、地球の各地に出没していたが、十数年前、突然全くの消息不明になってしまった」

「ええ……そうなのか」

正常性バイアスにより、この男はせん妄状態にあるのではないかと結論付けたくなるところを、耀はなんとか持ちこたえる。

「君の説明から察するに悪魔を逃したのは君らのミスで俺の弟は無関係だよな」

「もちろんだ」

天使は、耀の指摘に同意しつつも、だからなんだ、という態度だ。

「数ヶ月前、ようやく私は件の悪魔が人間界で壺に封印されたと突き止めたのだが、肝心の壺はお前の弟幡手智葉により、インターネットを介して匿名配送で売却されたあとだった。我々は電子世界には介入できない。再び行方知れずとなっていたが、この近隣で封印が解かれた兆しがあった」

深刻な事態だと強調したいのか、天使は耀に顔を近づけて、一言一句、聞き逃してはならないとばかりに、ゆっくりと言葉を紡ぐ。

「彼は神の恩寵を失って力が弱まっているとはいえ、もともとは悪魔軍と最前線で闘っていた能天使だ。人間の国一つ支配する程度の力は残っている。早急に捕拿する必要があるため近隣に居住しかつ超常現象に理解がある幡手智葉を器として選んだ」

「智葉は知らずに売ったのだから、巻きこまれるいわれはないだろう？」

「どうしてお前はそんなに嫌がっているのだ？」

耀の反論にも、天使は不思議そうに首を傾げただけだ。

「天使の器に選ばれるのは人間にとって栄誉のはずだ。実際、智葉は喜んでいた」

それを言われると、耀は言葉に詰まってしまう。

智葉はとても良い子なのだが、とんでもなくディープなオカルトマニアだ。

小学生のころから、智葉は悪魔を呼びだそうと床に魔法円を描いて両親を困らせていた。本棚の本のほとんどはオカルト系で、友達もだいたいお仲間だ。

毎日のようにネットや蚤の市であやしげな物を収集して、コレクション棚に収まりきらない物を泣く泣く専用のフリマサイトに出品し、次の持ち主を探している。

悪魔、宇宙人、地底人、UMA、妖精、天使、各種神様……あらゆる架空の存在に心酔しており、もはやオカルトが智葉の血肉を構成していると言ってもいい。

そんな智葉が、本物の天使に乗り移らせてほしいと言われたら……。

そりゃあもう、狂喜乱舞の大歓迎だろう。

「現在、私の追っている悪魔が現世にいるのなら、人間と契約しているはずだ。悪魔が現存するためには人間の精気を吸う必要がある」

黙りこんだ耀にかまわず、天使は喋り続ける。

「精気の対価として悪魔はその人間の望みを叶える。契約内容によっては大惨事を引き起こす可能性もある。早急に見つけださねば」

「……智葉のかわりに俺に乗り移るというのは？」

「お前は私を信用していない。信頼関係なしに憑依すればお前は爆発して付近一帯は焦土と化すだろう」

「それは困る」

「心配せずとも長くはいない。用が済めば出ていく」

「その悪魔を見つければ、君は弟の身体から出ていくんだな？」

「もちろんだ。ここにいる理由はない」

「だったら協力するからさっさと見つけてくれ。手がかりはなんだ？」

前のめりに立候補する耀に、天使は当然とばかりに頷いた。

「そうだな、どうやら、お前から悪魔の気配がする」

思いがけない指摘に、耀は目をしばたかせた。

「俺に？　悪魔が？」

「お前自身に憑いているわけではないが、接触した痕跡が見える。ここ数日でお前が会った人物を洗いだせ」

「難しいな。俺は電車通勤で、学校には生徒も教諭も多い。一日に接触する人間は膨大だ」

「すれ違った程度では痕跡は残らない。頻繁に会話をするか同居しているなどの、よく接触する相手だ。最近元気がないのに羽振りがいいとか、機嫌がいい知人はいないか」

「なるほどそれなら……いや、違うな」

すぐさま思い浮かんだ顔を耀は慌てて打ち消した。

「心あたりがあるのか」

挙動不審になる耀に、天使がたたみかける。

「その、病気になった人物はいるが、別に羽振りはよくないから、違うと思う」

「その人間の名前は？」

早口で否定する耀に、天使がかぶせ気味に問うてくるから、耀は冷や汗をかいた。

彼ではない。そう思いたいのに、もはや彼しか思い浮かばない。

「待ってくれ、不確定な疑惑だけでは教えられない。俺が確認できる方法はないか？」

「ある」

心の準備をさせてくれ、の意味だったのに、天使はおもむろにナイフを取りだして手首を傷つけた。

あ、と驚く耀の前で、傷口からしたたる血が赤く固まり、ナイフから反射した光が銀の鎖に変わってそれを搦めとっていく。

「天使のロザリオだ。悪魔憑きが触れると皮膚が爛(ただ)れる」

予算のある映画のＣＧみたいだな……？　と思うほどなめらかに形を変えたそれはふわりと浮きあがると、耀の前にやってきた。

「……爛れるのは可哀想だ」

「だったら数分水に漬けて、その水を飲ませてみろ」

「わかった……」

耀がロザリオを手にすると、それは光を失って、ずしりとした金属の重みを手の中にゆだねてくる。もう先程までの現実とは思えないような美しさの片鱗(へんりん)もない、露店で売っていそうな安価なネックレスにしか見えなかった。

けれどそれに触れた耀の身体は、まるで恐れる物を見たかのごとく自然と震えた。これは詐欺(さぎ)や手品ではないと、身体の芯から理解させられる感覚があった。

「……血でできた石と金属を漬けた水なんて、腹を壊さないだろうか」

それでもまだ、往生際悪く、断る言い訳を探す。

「悪魔憑きならば、軽い火傷(やけど)程度は免れないだろうが、人間ならばむしろ健康になる」

渋る耀に、天使は一言一言言い聞かせてくる。

「悪魔は言葉巧みに人間を騙して精気を吸い取り、力をつける。長く憑かれていれば、最悪衰弱死(すいじゃくし)、悪い心に染まった魂の治療はなお困難だ。早急に手を打たねば」

「わかった」

奥歯を噛み締めて、耀は頷いた。認めるしかない。

悪魔に取り憑かれている可能性がある人物は橙夜だ。

悪魔や天使なんて信じたくない、今までどおりの生活を続けてゆきたい、という気持ちはとても強い。

だがそれ以上に、この忠告を無視して橙夜を失うのが恐ろしい。

「とにかくこれを入れた水を飲ませてみるよ」

ただ水を飲ませるだけだ。まず先に自分が飲んでみて、問題なければ彼に与えればいい。

「それで、弟は無事なのか？」

大丈夫だと何度も自分に言い聞かせながら、耀はロザリオを胸のポケットにしまう。

「精神は今眠っているが、身体は以前よりも頑丈になっているはずだ」

それは良かった、と耀はひとまず口にしたが、信用ならない相手の言うことは安心できない。

「なにがあっても絶対に守れよ」

「もちろんだ。今後彼がどんな極悪非道な人物に育とうと、死後は必ず天国に連れていく」

「いや、死なないようにしてくれ……」

「了解した」

天使が真顔でうなずく。

若干心配が勝るが、約束を守ってくれそうな雰囲気なのは救いだ。

「君もなにかあったら報告しろよ、ええと……白丸ちゃん」

「ちゃんはいらない。白丸と呼んでくれ」

名を呼ばれた天使は、若干嬉しそうに見えた。

家に戻ると風呂場から話し声がする。一人は橙夜のようだが、相手の声が聞こえない。通話中かもしれないが、何故風呂場でする？　と耀は首を傾げる。

まさかこれが悪魔……？

「ただいま？　橙夜？」

震えあがりながらも強めに声をかけると、すぐに橙夜が顔を出した。

「おかえりなさい」

全くいつもどおりの笑顔に、耀は安堵で脱力した。

「誰か来ているのか？」

いそいそと靴を脱いで玄関に上がると、おかえりなさいと、いつもどおりの調子で橙夜が荷物を受け取りにきてくれる。

「あっ。聞こえた？　作業に夢中になるとつい独り言が増えちゃって。恥ずかしいな」

「じゃあ俺の幻聴ってことにしておくよ」

半日会わなかっただけなのに、懐かしい。先程までの出来事は、夢だったんじゃないかと思いたくなるくらいに。けれど胸のポケットに入ったロザリオが、ざらりざらりと重く揺れて、気を抜くなといわんばかりに存在を主張している。

「どうせ夕飯も食べてないんだろう。おかずも沢山もらったから食えよ」

「さすが耀のママだね。売り物みたいだ」

肩が抜けそうなほどパンパンに惣菜と焼き菓子が詰まったエコバッグをテーブルの上に置くと、橙夜はしげしげと覗きこむ。

「それで、体調はどうだ？」

さりげなく橙夜に寄り添って、耀はバッグの中身を無駄に丁寧に取りだしてはテーブルに並べ、橙夜の様子におかしいところはないかと観察した。

「うん？　いいよ。下半身以外はね」

「そうか……けっこう長いな」

「まあ、しばらくのんびりするよ。それより、今日の耀、ずいぶん疲れているみたいだ」

「そりゃあ、仕事帰りに実家に寄ったら疲れるさ」

「はは、たしかに」

笑う顔には、一点の曇りもない。

やはり目の前の彼はいつもどおりの橙夜だ。本当に悪魔などいるのだろうか。

「温めて持っていくからお皿を用意してくれ」

「いいよ」

そう思いつつも、耀は橙夜が食器棚に向かった隙にシンクでロザリオを入念に洗うと、ピッチャーの水の中に漬け込んだ。

どれほど異常な経験をしようとも、急に悪魔を信じろと言われても難しい。けれど人間の認知には不都合な情報を無視したり過小評価したりする特性がある。それで災害時に逃げ遅れるケースもある。杞憂でもいいじゃないか。手遅れにならないように手を打つことは必要だ。

食後のデザートのときにこのロザリオ水を使ってお茶を淹れよう。いちど沸騰させれば消毒にもなるだろうし。

「いつもそんなに疲れるなら実家なんか行かないほうがいいんじゃない」

橙夜が耀の肩に腕をまわして問いかけてくる。

「そうもいかない。みんな元気そうなのを確認して安心したいしな」

そのぬくもりと重さにどきどきしつつも、今日はずいぶん気疲れして甘えたくなっていたせいで、自然に笑顔が浮かんだ。

「だったらいいけれど」

橙夜は、耀が両親に対してぎこちないことを知っている。橙夜自身も、実の家族を苦手にしているらしいから。

嫌っているわけでもないし、嫌いたくもないが、家族というだけでは好きなれない、と橙夜は家族と距離を置く。それは母親の自分への扱いに重なって胸が痛んだ。

橙夜と母は似ているところがある。美人で自信に溢れ、愛され慣れている。子供は親に似たタイプを好きになりやすいらしいが、たしかにそうだと耀は思う。

もちろん、橙夜を母のかわりとは思わないが、橙夜が誰かと付きあっても、こちらの想いに気づかなくても、仕方ないと諦めてしまうのはそのせいもあるのだろう。

本当のところ、橙夜からの見返りなど欲しくないのかもしれない。与えるだけの愛は気楽だ。おいしい食事に心地良い寝床を捧げて、笑顔でいてくれたら充分満足だ。

ただ少しでも長く、側にいてほしいだけ。

「これだけあったら耀、しばらくご飯作らなくていいね」

橙夜の口調はいつもよりも穏やかでいたわるようだった。

「いつも作ってもらってごめんね」

「気にするな。好きでやっているんだから」

「耀はほんとうに世話好きだ」

橙夜が優しく耀の肩を撫でてくる。その一つ一つの仕草に思いやりを感じるというのに悪魔が憑いているなんてとても信じられない。

「そうだ、配信に新しい映画が入っていたから一緒にみよう?」

「いいけど、天使とか悪魔が出るタイプならパス」

「そういうのじゃなかったよ。たしかゾンビと臓物が出るやつ」

「それなら安心だ」

「安心なの？　変なの」

くすくす笑う橙夜には、こちらを疑う様子もない。

彼を試さないとならない後ろめたさに耀の胸がちりちりと痛んだ。

04

真っ白なカンバスに向かって、橙夜は深く息を吐きだした。

「行き詰まったか」

からっぽのバスタブから話しかけてくるのは、陰気な顔の悪魔だった。

「うるさいな」

咄嗟（とっさ）に言い返すものの、そのとおりなので威勢がない。

ここ数日まるで筆が乗らず、橙夜はカンバスを抱えて彷徨っている。

最終的に耀の家のバスルームで缶詰になってみたが、窮屈なだけで別にインスピレーションは湧いてこない。

「絵が進まないのは別にいいんだよ。しばらくは個展もねえし」

とうとう絵筆を放り投げて、橙夜は居直った。

「だが耀との関係に進展がないのは問題だ」

はー、と何度目かのため息を天井に吐きだす。

橙夜は毎晩のように、耀の夢に忍びこんでいた。

耀は、毎回新鮮に恥じらって動揺して流されている。

戸惑いながらも身体は正直……を地で行く人間なんてほんとうに実在したんだな、と橙夜もまた、毎回飽きずに興奮している。

だからいつも似たような展開とオチでも全くかまわないのだが。

問題は耀の橙夜への態度が、相変わらず面倒見のいいお兄ちゃんだということだ。

ストレスにいいからと環境音楽のCDを買ってきたり、栄養バランスのいい料理をたっぷり作ってくれたりするけれど、橙夜が望んでいるのは触れあいだ。

橙夜に欲情してくれるエッチな耀を期待しても微塵（みじん）もそんな展開にならない。

先日はようやく耀に、そこに寝てくれとベッドを指さされたから、お、エッチでないにしろマッサージくらいはしてくれるのか？　と期待した橙夜だが、血流がよくなるという謎の器具をリンパに沿って貼られて放置されただけだった。

あれはさすがにちょっとむなしくて涙が出た。

耀のデリカシー音痴！　でも好き！　つらい！

思考も珍しく後ろ向きだ。

確かに耀は、橙夜との性的な夢を拒絶しない。

しかしそこに、耀の自由意志はあるのだろうか。

考えてみればいつも耀は橙夜にされるがままだ。

戸惑い、快感を覚えている様子は表情から察せられるが、本当のところ、耀がこの行為をどう思っているのか、橙夜は彼の心にまでは踏み入れない。

今更そんな基本的な事実に気が付いて、橙夜はがっかりした。

家族に欲情するのと同じくらい、耀が橙夜に性的な興味を持つのは困難だと覚悟しているが、ここまで進展がないとさすがに落ちこむ。

「お前が俺の精気を吸い取るから、俺の性的魅力が失われているんじゃないか」

思羽に八つあたりすると、ジト目で見られた。

「むしろ発散できないぶん、有り余りすぎて持て余しているのではないか」

「だったらもっと吸えよ。そんなにガリガリじゃ悪魔としての魅力もないだろ」

「この姿はお前の好みに当てはまらないものを選んでいるだけだ。その気になれば肥満体にでもお前よりも筋肉質にでもなんにでもなれる」

「あー。耀のすけべスイッチってどこにあるんだろうな」

煽りに乗ってこない悪魔との会話には早々に飽きて、橙夜はため息をつく。

会話を放りだされた悪魔のほうは、むっとしている。

「性的なものに忌避感が強い者は、精神の安定のために夢の内容を忘れることもある」

「は！? あんなエロい身体していてそんなわけはねえだろ！ それとも欲求不満を我慢したほうがいいくらいに、俺とのセックスが嫌だっていうのかよ！」

思わず大声を上げてしまって、バスルームに反響して跳ねかえってきた自分の台詞に、橙夜はダメージを受ける。

確かに耀は保守的で、シモネタも嫌いそうだ。自分が淫夢を、しかも幼馴染との性行為を視ているだなんて認められずに、なかったことにしていてもなんらおかしくない。

「耀ってそんなに俺とのスケベがいやなのか……？」

「たとえ話だ。私の見たところ、お前との夢を忘れているようには見えない。視ていることを知られたくないとは思っていそうだが」

分かりやすくしおれた橙夜を哀れんだのか、思羽は口調を和らげる。

「思うんだが……お前の計画は少々、受動的すぎる」

「なんでだよ。家に押しかけて、エロイ夢を毎晩視させて、どこが受動的だ」

「だがそれは直接的な意思表示ではない。幡手耀に、現実にいるお前が大人の男としての好意を伝えないのか？ いつも子供みたいに甘えているばかりだが」

「む」

言われてみればそうだと橙夜は言葉に詰まる。

「夢だけに頼らず、現実でも求愛しないと幡手耀には伝わらないのではないのか」

「……」

　正論だ、と橙夜もわかっている。けれど。

「だからどうしろって言うんだ。いままで付きあった相手は、勝手に寄ってきたやつらばかりで参考にならねえし」

「……誰かに告白した経験はないのか」

「あるわけがねえだろ、こちとら物心ついたときから耀一筋だ」

　自信満々に宣言する橙夜に、思羽は理解しかねる、とばかりに肩をすくめる。

「何故、そんなに長い時間、真摯に懸想しているのに好きの一言も言えない？」

「……」

　さすがに返す言葉もない。

「お前は自己愛が強すぎる。好きな相手に拒絶されるのを恐れすぎている。今まで好きな物はなんでも苦労なく手に入れてきたつもりでいるだろうが、一番欲しい物が手に入っていないのなら、なにも得られていないのと同じだ」

「耀はモノじゃない」

「そうだ、だからお前の思いどおりには動かない」

「……」

　橙夜は、図星を突かれて、むっとしながらも自分は悪くないという態度を崩さなかった。

「まあ、お前は悪魔が説教したところで耳を貸す人間じゃないだろうが契約だ」

そう言って、悪魔が片手を振ると、ばさばさと天井から本が降ってきた。

「なんだよこれ」

「恋愛小説だ」

「恋愛小説～？」

「リアルな描写と評価の高い作品から、お前の参考になりそうな設定を選んだ」

「ハア!?　俺に他人の色恋沙汰の真似をしろっていうのか」

「絵画と同じだ。デッサンを繰り返し基礎を習得していなければ、良い絵は描けない」

「誰がやるかそんなこと!!」

本を投げつつも、橙夜も理解はしている。幾らセンスがあっても技術がなければ絵が描けないように、幾ら美形だろうが人の心を掴む技術は必要だ。

と、五％ほど素直になったところで、玄関のほうから耀の声がした。

「帰ってきた！」

それだけで、先程までの悩みがすべて吹き飛んでしまった。

目を輝かせて一目散にドアを開ける橙夜を、思羽は呆れた様子で見守った。

「そんなに好きでも素直になれないのか。恋というのは難しいな」

ただいまー、と実家から戻ってきた耀はくたくたで、大きな荷物をぶら下げていた。

それは橙夜が耀の家にいると時々見る光景だ。耀の母親はストレスを料理で発散する。その量は膨大で、幾ら味が良くても他人の鬱憤の後片付けをしている気分が拭えない。

「さすが耀のママだね。売り物みたいだ」

そんな感想はおくびにも出さず、感心したようなことを口に出す。

橙夜は耀の母親が嫌いだった。

幼い耀に寂しい思いをさせた張本人だ。好きになれるわけがない。

資金繰りのためにはやむをえない選択だったのだろうが、だからといって、犠牲にした家族に当然許してもらえるといった態度は虫が良すぎる。

耀が両親の勝手によって負った心の傷は、いまでも彼の胸にぽっかり穴を開けている。

それは橙夜にも治せない。

それでも耀は両親と仲良くしたがっている。そんな必要はないのに。

橙夜も、家族との関係が良好とは言えない。

耀とは違い、構いすぎる家族が鬱陶しいという身勝手な理由だが、自分がどれほど静かな場所と一人の時間が必要な性質なのかを理解してもらうまで何度も話しあった。

それが橙夜なりの誠意で家族愛だった。

そして一応の解決を得て、今は距離を置けている。

『耀には僕がいるんだから。会うたびに傷つく相手にへつらわなくていい』

橙夜は耀にそうアドバイスもしたのだが、耀は苦笑して取りあわなかった。

「俺は定期的に実家に帰って家族の健康を確かめておきたいんだよ。それに俺は母さんの、自分の気分を優先するところ、好きだな。お前にもそういうところがあるだろ？」

その上そんなことを言われて大変に心外で遺憾で絶句した。

確かに橙夜はおのれの魅力を自覚したうえで好き勝手している自覚はある。

でもそれは、耀の気を引きたくてしていることだ。耀の母親が息子への愛情を知ったのは、智葉が生まれてからだ。耀のことは面倒をみなければならない責任の塊くらいにしか考えていなかったと思う。

そう言い返したかったけれど、間違いなく耀を傷つけるので、口をつぐむしかない。

「それより、今日の耀、ずいぶん疲れているみたいだ」

せめてもの癒やしにと、橙夜は耀に寄り添う。耀は一瞬ぴくりとしたものの、すぐに淡く微笑んだ。

「そりゃあ、仕事帰りに実家に寄ったら疲れるさ」

彼の形のいいきりっとした眉が下がると、目尻に皺が寄ってくしゃくしゃの顔になるのが、とっても可愛いと橙夜は思う。

きっと耀はおじいちゃんになっても可愛いんだろうな。

そんなことを想像したら、苛立ちが落ち着いてきた。

「だったらいいけどさ」

耀が実家に戻るのは気に食わない。だが料理という家事がなくなるぶん、橙夜と過ごす時間が増えるのはよい。

橙夜が幾ら出来あいの物でもいいと言っても、耀は手作りにこだわった。

これも母親がいなかったころの愛情不足が尾を引いているのだろう。

考えすぎてまたもやもやしてしまうのを、冷たい水でも飲んで洗い流そうと、橙夜は冷蔵庫を開けて、ピッチャーの中身を呷った。

「あ！」

耀が声を上げる。なんだ、と疑問に思うまもなく、橙夜の喉が焼けるように痛んだ。

驚いてピッチャーを落とす。ガラスが割れて水が撒き散らされるが、橙夜はもはやそれを構う余裕もなかった。

じゅうじゅうと、肉が焼ける音がして、橙夜の口から煙が上がる。

「橙夜！　大丈夫か！」

喉の痛みは耐え難く、色を失う耀に、大丈夫だと返せない。

なにが起こったのか。混乱しつつ床に蹲（うずくま）っていると、ふいに苦痛が和らいで、耀がふらりと倒れた。

「耀！」

びっくりした橙夜は、痛みを忘れて叫んだ。

「まずい事態になったかもしれないな」

いつのまにか目の前に深刻な様子の思羽がいた。彼が耀をなんなく抱きとめて床に降ろしている。その優しい仕草に嫉妬して、橙夜の怒りがますます沸騰する。

「耀に触るな！　お前なにをしたんだ！　そもそも部屋には上がらない約束だろ!?」

ガラガラの酷い声で橙夜は怒鳴った。

「なにかをされたのはお前のほうなんだが」

かがみこんで目線を合わせてくる。思羽の目は間近で見ると白目がなく真っ黒で、ぞっとするような暗さがあった。

「心配しなくても幡手耀は眠らせただけだ」

「どうしてそんなことを？」

「今起こった現実を夢だと思わせるためだ」

「なんでだ」

「お前も傷を治してやるから眠れ」

そう言って、橙夜の額を指で突く。

抵抗する間もなく、橙夜の意識は、かくりと眠りのなかに落ちていった。

05

目が覚めると耀はベッドでひっくり返っていた。

外はよく晴れているらしく、遮光カーテンの向こうが白い。

通りを駆けていく子供たちの笑い声が聞こえてくる。その陽気さに、今日は休日だと気が付いた。そして自分の服が昨日のままだということにも気が付いた。

いつ寝たんだっけ？

耀は首を傾げる。

気絶同然に寝落ちしてしまうことはテスト期間前だとたまにある。

だが今は比較的余裕があるし、橙夜が家に来ているからそんなヘマは……。

「そうだ、橙夜！」

跳ね起きて、耀はリビングに続く扉を開けた。

「おはよー。って今日は遅いね」

キッチンのカウンターでは、橙夜がちょうど朝のコーヒーを用意しているところだった。

橙夜はコーヒーに拘りがあって、やたら格式の高そうな茶色い袋に入った豆を毎日飲むぶんだけ挽いている。真剣な姿はキリッとして格好いいが、そういう無駄遣いをしているから貯金がたまらないんじゃないかと心配に……いや、今考えるべきはそこじゃない。

「喉は大丈夫か？」

「喉？」

飛びかかりそうな勢いで距離を詰めてきた耀に、橙夜は不思議そうに首を傾げる。

「ほら、昨日、お前、水を飲んで喉が焼けたみたいになって……」

「寝ぼけているの？　水で喉は焼けないだろ？　喉が焼けて水を飲むならまだしもさ」

からからと笑って、橙夜は、耀に向かって大きく口を開いてみせる。

「ほら、なんか焼けてる？」

作り物みたいにきれいな白い歯に赤い唇。そのなかで、濡れた赤い舌が、軟体動物のようにぬらりと光っている。

「だいじょうぶそうだ」

生々しい近さに、あわあわと手を振りまわしながら耀は後ずさりする。

「変な夢でも視たんじゃない？」

「そうなのかもな」

確かにいつものリアルな夢だったのかもしれない。いやらしくなかったのは橙夜が悪魔憑きかもしれないと心配していたせいかもしれないし。

「だが俺はいつベッドに行って寝たんだ？」

耀の疑問に、橙夜が意地悪そうに目を細めて答える。

「僕が運んだんだよ。耀、僕がコーヒー用意しているうちにソファで爆睡しちゃってさ。全然起きないの」

「それはすまなかった」

耀は赤面した。橙夜に抱っこされて寝室に運ばれたって？

なんでそのとき起きてなかったんだ俺。

「疲れていたんだろ、仕方ないよ」

「重かっただろう？」

「ハハ、別に耀のひとつやふたつ大変じゃないよ、見てよこれ」

そう言って、橙夜が腕に見事な力こぶを作ってみせる。

「耀くらい、余裕で運べるよ。もう子供じゃないんだからさ」

「そ、そうだよな」

大人の男でも俺を運ぶのは大変だと思うが。

隆々としたその肉体美に、思わず生唾を飲みこんだ耀は、それ以上、橙夜を問い詰められなくなってしまった。

冷蔵庫のピッチャーは無事で、あのロザリオが沈んだままだった。

やはり夢を視ていたのだろうか？　だが、なにかが引っかかる。

不自然な記憶の断絶と、橙夜がみょうに機嫌がよさそうなところ。

「ちょっと実家に行ってくる」

耀が朝食のテーブルで橙夜に告げると、彼はきょとんと目を丸くした。

「え、今日も？」

「うん、弟に渡し忘れた物があって……これなんだが」

そう言って、ロザリオを掲げてみせる。

「ううん？　耀の弟さんが好きそうなデザインだね」

「そうなんだ。以前欲しがっていた物をたまたま見つけてね。悪魔除けだそうだ」

「じゃあ別に今日じゃなくてもいいじゃん。今日は一緒に映画を見に行こうよ」

橙夜は置いていかれるのが気に食わないとばかりに、ぐずってみせる。

「昼から行くくんじゃだめか？」

「えー。せっかくならランチも食べたいし新しい服も買いたい」

だだをこねていた橙夜が、ふいに閃いたとばかりににこりとする。

「じゃあ、かわりに明日は丸一日デートして」

「はいはい。明日は夕飯でも奢ってやる」

「やった！」

嬉しい、と顔に書いてあるように頬をゆるませている橙夜は可愛い。

　やはり夢だったに違いない。そう思いたい。


「悪魔がいるな、確実に」

　天使によって耀の願望は打ち砕かれた。

「このロザリオは穢(けが)れに触れた形跡がある。煙を出して喉を焼いたのは夢の出来事ではない。お前のすぐそばに悪魔が来たのだ。そして強制的に眠らされた」

　天使は澄んだ朝のカフェテリアに似つかわしくないセリフをぺらぺらと述べる。

「しかし、俺の前にいたのは完全に橙夜だった」

「悪魔が取り憑いているからといって必ずしも異常行動が見られるわけではない。人格を同居させることもできる」

「橙夜の口には怪我(けが)はなかった」

「怪我は治癒(ちゆ)したのだろう。治癒魔法が使える悪魔は限られている。私の追っている悪魔である可能性が高い」

　決定的だな、と言い切られて、耀はへなへなと座席に背をあずけた。

　目の前では大好きなミルクたっぷりのカプチーノが、朝日の中で平和な湯気を上げているのに。信じられない。

「耀の同居人は残念ながら、かなり深く取りこまれている」

「はあ……」

気の抜けた返事をするのが精一杯だ。

親しい人が、前触れもなく大病だと診断されたら、きっとこんな心地になるのだろう。

「どうしたらそいつを追いだせる？」

「早急に手を打たねば、精気を全部吸い取られてミイラにされる。かといって、無理やり引き剥がすと、同居人の魂が傷つくだろう」

「悪魔を説得して出ていってもらえと？」

悲痛な気持ちで耀は悲鳴じみた訴えをしてしまい、慌てて身体をすくませる。

店内は静かだ。皆知らないふりをしてくれているが、何事かと思われているに違いない。

「落ち着け。お前に悪魔の説得は無理だが方法はある」

「すまない、悪魔を追いだす方法を。教えてくれ」

テーブルの下でナーバスな貧乏ゆすりを始める耀に、やれやれと白丸はため息をつく。

「まずは悪魔と、契約者であるお前の同居人とのつながりを解除する。悪魔は人間に寄生し、その精気で力を得ている。つまり、解除方法は淫魔と同じ」

「うん？　いんま？」

なんだかおかしな単語が聞こえた気がして耀は首を傾げた。

「つまり、淫魔を人間から追いだす方法が効く」

「なるほどいんまが？　つまり？」

「淫魔の弱点も知らないのか？」

「恥ずかしながら不勉強で」

呆れられても困る。それは人間界の社会人にとっては一般常識ではない。それから爽やかなカフェテリアで、淫魔を連呼しないでほしい。

「淫魔は自分自身が快楽を覚えると力が弱まる。絶頂してしまえば、一定期間魔力も失われる。そのため、取り憑いている相手がイキそうになれば相手から離れる」

「へえ」

淫魔などエロ本のために都合良く生みだされた魔物だと思っていた耀は、どんな反応をすればいいのかと困惑する。

「しかし橙夜はいま……その、勃起不全というもので、つまり射精はしない、というかできないと思うが」

「悪魔は宿主の精力を糧とする。不能の男に憑依はしない。暗示をかけられているだけだ」

「そうなのか!?　つまり橙夜をイかせたら悪魔は出ていくのか？」

先程までのボソボソ声も忘れて、耀は身を乗りだした。それは唯一の朗報だ。

「そうだな、だがすぐに悪魔は戻ってきてしまう。耀に報復するかもしれない」

「それは困るな。手立ては？」

天使は掌を上向けると、そこに笛を出現させた。

「吹けばいつでも私を呼びだせる」

それは金色でシンプルな形状だったが、みょうに美しかった。

「そうか、ありがとう」

誘われるままに手に取ると、それは冷たくも温かくもなく、つるりふわりと手応えもこころもとなく、まるで幻に触れているようだった。ロザリオに触れた時と同じに、耀の身体が勝手に震える。なるほど、これが畏(おそ)れというものかと、耀は理解する。白丸に接する時間が増えるにつれ、天使や悪魔という存在への違和感がなくなっていく。

「暗示を解除するには、性的に高揚するのが第一だ」

「それは、欲情させろってこと？」

笛を見分しつつ、耀は半分上の空で尋ねる。

「そうだ。相手の好みを調査して、不意をついてゆけ」

白丸はしかつめらしい顔でキャラメルマキアートを一気に飲んで、わずかに目を輝かせた。

智葉の大好物だから、天使になっても口に合ったのかもしれない。

それはともかく、橙夜は病気ではなかった。ストレスで不能になったわけでもない。悪魔に取り憑かれているので、状況が好転したわけではないが、少なくとも原因不明のEDよりは、解決方法が明確でいい。

よし、そうと決まればさっそく橙夜を最高にエレクトさせるネタを考えるぞ……！　と勢いこんだところで、それを誰が考えるんだ？　と気が付いた。

『天使には性がない。欲情という概念もない。つまり、わからない』

一応天使にアドバイスを求めたが、あえなく突き放されてしまった。

『自分で考えてくれ』

まあ、そうだよな。

燿はがっくりと肩を落とした。

外出するより部屋が好きなようなので、たぶんホテルより自宅での行為が好きなはず。日常のなかの相手のふとした仕草にムラっときてキスして寝室になだれこんで……みたいな。多分、そういうのだきっと。

困ったな、と燿はシリアスに眉根を寄せる。

燿は同棲経験がないから、日常生活のどんなときに興奮するのか想像できない。デートの約束はホテルの予約とセットの合理性重視。

リードされるのを好むので自らセクシーなシチュエーションを演出した経験がない。

自分がすけべな格好をしたところで橙夜が興奮するわけもないし。

「とりあえず、すっぽんでも買って帰ろうか。精が付くというし」

どう考えても耀が橙夜をエレクトさせるのは無理だと早々に諦めた。

せめて精が付く物を食べさせて、夜の街にでも送りだしてやろう。

好きな子を助けるのに、他人に委ねるしかないなんて俺は役たたずだな、と耀はぼやきつつ『昼には帰る、鍋の具材買ってくる』と橙夜に連絡を入れる。


ダイニングテーブルの上で、大きな土鍋いっぱいに黒い甲羅(こうら)が浮いている。

すっぽんを買おうと思い立ったが入手先がわからず、行きつけの中華屋に相談すると、鍋用だけなら分けてもいいと言われて勇んで足を向けたのが昼前のこと。

かなりインパクトのあるビジュアルに、すっぽんとは一体どんな生き物かをきちんと調べてから購入すべきだったと後悔した耀だが、意外にも橙夜には大好評だった。

「すっぽん鍋なんて久しぶり!」

「なんだ、橙夜食べたことがあるのか?」

「まあね。おごりだけど。あ、これもおごりだね」

「そうだ、残さず食えよ」

橙夜ってヒモをやってるのに、俺より贅沢な物食べているな。

そりゃ、こんな大きくてきれいな生き物を養うには、稼ぎがよくないとな。俺も頑張ろう。

すっぽん鍋の見かけの受けつけなさに微妙に現実逃避しつつ、耀は覚悟を決めて皿の中身を喉に流しこんだ。

「……うまいな。思ったより臭みもないし」

食感はぷるぷるの鶏肉みたいだ。のどごしがつるりとしていて、よく出汁（だし）を吸っている。

「だよねえ。僕も大好き。あ、お酒もらってきているんだ」

「え、誰からだ？」

まさか元彼女の誰かからもらった物じゃないよな？　前に元彼女が送ってきた小包から大量のカミソリが出てきた事件があったが今回は大丈夫か？

「そんなに怯えないでよ。この間、クライアントさんからお土産もらったんだ」

橙夜が冷蔵庫から出してきたのは、すらりとした濃紺のボトルだった。

「そういえば一応仕事しているんだったか」

「一応は酷いなあ、そりゃあ有名画家と比べたら二束三文かもしれないけどさ。クライアントがさ、前に取引した絵がずいぶん評判良かったとかで、お礼がわりにこのお酒をくれたんだよ」

「絵を買ってもらったうえにお礼まで!?」

橙夜の絵がちゃんと売れていると知って、耀は目を輝かせた。

「じゃあケーキも買ってくればよかった!」

「やめてよなんのお祝いだよ」

はにかみながら橙夜が手慣れた仕草で耀に猪口を渡して酒をそそぐ。

「まずは乾杯だね」

「乾杯!」

橙夜が仕事先でもらった酒だと思うともったいなくて、耀はちびちびと味わった。

「いい酒だな」

「そうなんだ? 僕にはまだよくわからないけど、飲みやすいよね」

すっきりとしているけれど、米の甘みを感じる。喉を通るときは水のようにするりとして、これは飲みすぎるタイプのやつだと思う。

「そういう顔をしていると耀っておっさんくさいな。まだ若いのに」

しわが寄っているよと指先で眉間を伸ばされた。

「失礼だな、まあ、だが、おっさんだ。もう三十二だ。お前がガキなだけ」

「四つしか違わないじゃん」

ふと、橙夜が目を細めて見つめてくる。

「……でも、お前はまだガキだよ」

その眼差しがみょうにおとなびて、慈愛に満ちてまるで恋人にするような顔だったので、耀はなんだか落ち着かなくなって、もぞもぞと座りなおす。

「そっちだって失礼じゃん」

橙夜が耀の額にかかる前髪を、やさしく払う。

すっぽんの効果か酒のせいか、それとも橙夜が色っぽいせいか、胸がときめいてしまう。

「……」

橙夜はまるで耀を口説こうとしているみたいに、じっと耀を見つめている。

目が離せない耀の頬に橙夜の指が触れる。

ぐつぐつと、鍋が煮える音だけが部屋に響いている。

「……耀」

やがて、なにかを決意したかのように橙夜が耀の名を呼んで、身を乗りだしてくる。

これはなんだ？　どういう状況だ？　思わず期待してしまってうろたえる。

なにか、言わないと、なにか。

「た、たまには女の子と遊んできたらどうだ？」

耀は苦しまぎれに声をしぼりだした。

「は？」

橙夜の動きが止まる。

「俺に遠慮はいらない、夜遊びしていいんだぞ。家に連れこむのはやめてほしいが」

「嫌だよ」

早口で続けた耀の提言に、橙夜はあからさまに機嫌をそこねた低音で返してくる。

「セックスもできないのに女に言い寄られるなんてただの迷惑」

「性行為だけが女の子と付きあう魅力じゃないだろう？　楽しい会話をしたり、可愛い仕草にときめいたりするのが、ストレス解消に大事なんじゃないか？」

「そんなの余計にストレスだよ」

耀が説得するほど橙夜の機嫌は傾いていく。

「そもそも本当は僕、知らない人になんか会いたくない。一人じゃ面倒だから誰かを見繕っているだけだし」

橙夜は強い眼差しで耀を見る。

「耀がそばにいてくれるなら、他のひとなんか、全然いらないのに……」

「橙夜……」

口説き文句のようにも聞こえるが、これは昔から橙夜が拗ねたときよく口にする文句だ。

お前の不能は悪魔のせいだぞ。知らないのか？　契約したのか？

……と聞いてみたいが、天使から、悪魔を油断させるために存在を知らないふりをしろと命じられているので、ぐっと耐える。

「すまなかった、橙夜」

そのかわりに、橙夜をできるだけ刺激しないように耀は謝罪した。

「俺はただ、お前を治したいだけだ。俺にできることはなんでもしてやる」

誠意を込めて言うと、橙夜の不機嫌がふっとやわらぐ。

「なんでも？　なにを？」

「具体案は考え中だが……お前も、俺に要望があれば言えよ」

耀の提案に橙夜はどうしたことか顔を赤くした。

「そういうことなら……お願いしたいことができたらよろしく頼みたいです」

何故か変な敬語で返してきた。

「おう、なんなりと言ってくれ」

プライドが高くて、素直じゃない橙夜がこんなに素直に助けを求めてくるなんて。相当弱っているのだろうと、耀は酷く心配になった。

橙夜とのすけべな夢を見るからってなんだ。出したい物が出せるだけで充分じゃないか。ムラムラしている暇があったら橙夜について考えてやらないと。

耀は反省して決意を新たにした。

ムラムラしないはずだったのに、その夜の夢はすごかった。

「すっぽん鍋なんて、相当期待しちゃってるんじゃないの？」

橙夜は顔を紅潮させて、耀の後ろに入れた指で執拗にかきまわしてくる。

耀はうつぶせで、まるで踏まれた亀みたいに弱く手足をもがかせていた。

ローションのボトルはほぼ空だ。中身は耀の肚の中で泡立ってどろどろになっている。もはや何の液体なのかわからない物が耀の太ももをつたって、シーツに灰色の染みを作っている。

「う、うあ」

耀はシーツに押しつけられた腰をよじらせて、さらなる快感を得ようと身体の奥を締める。

こんな夢を視ている場合じゃないのに、と思うのに、その忌避感が強ければ強くなるほど、これから与えられる快楽への期待に思考はゆるみ、身体は従順すぎるほど従順に快楽に屈服する。

橙夜の指はとっくに耀の性感帯を探りあてているのに、あえてそこを避けてくる。

そして気まぐれに前立腺の奥のほうにある、ずっしりくるポイントをぐっと押してくるものだから、耀は腹をきゅうきゅうと切なくさせながら子犬みたいな声を漏らす。

背筋を反らすと、マットと自分の下腹部の間で、耀の性器が布にこすれる。

「ん、ふう」

ローションまみれの布地が敏感な先端に触れる。ぴりぴりと感電するような快感がたまらない。

こんなことをしている場合じゃない、橙夜を助けるすべを練らないと。そう考えながらも、耀は性器をシーツに擦りつけて、腰を動かすのを止められない。

「可愛い、子供のオナニーみたい。気持ちがいい？」

「お、お前が触ってくれないから……！」

「俺はこっちで忙しいから」

橙夜は意地悪く舌なめずりして、三本纏めた指を見せつけてくる。

夢の中の橙夜は悪魔みたいな責め方をする。耀の意識がよそごとに流れるのを目ざとく悟っては絶妙なタイミングで耀の弱いポイントを指で突く。そのたびに耀は気持ちよさに頭を振りみだし、思考はたちまち目の前の橙夜に引きずられてしまう。

「こんなにいっぱい頬張って、おしりのシワも伸び切ってるよ。これ、気持ちいいの？」

「あっ、そんな見るな」

もちろん耀は後ろでの刺激だけでとっくにイケる身体だが、さすがにいつものように弁放にはなれない。もっと太い物だって受け入れられることも橙夜に知られるのが恥ずかしい。夢での経験は、明確な快感があるわけではなかったが、好きな男にされているというスパイスが混じりこむだけでここまで麻薬的に気持ちがよくなるものなのだと赤面する。

「見るな、と口では言っても、身体は素直だよ」

くすくす笑われて、恥ずかしさに、性器がぴくりと反応するのを強く自覚する。

いけない、と思いながらも耀は腰を上げもっと強く刺激してくれとねだってしまう。

「橙夜……」

濡れた尻をすりつけられて、橙夜がごくりと生唾を飲みこむ。

その顔が見たくて、耀は肩越しに振り返って息を呑む。

彼は見たことのない表情をしていた。だらしなくって、たまらなくいやらしい顔。肚の奥で、熱湯が噴きだしたように熱くなる。奥がうねって、引きこむような動きを始める。

そうなると耀は、そこに熱く硬い物を埋めこまれたくて仕方がなくなる。

興奮の涙で視界がうるむ。橙夜も耀の奥が強く収縮しているのを感じているはずだ。

これもどうせ夢なんだし。恥はかきすてだ。

「気持ちがいい。もっとしてくれ」

橙夜の切れ長の目の中で、瞳孔がぐわっと開くのがわかった。

指が引き抜かれて仰向けに転がされ、耀は高い声を上げる。

足を乱暴にたたまれて期待したけれど、入ってきたのは冷たくて無機質な物だった。

「あ、橙夜、なに入れたんだ」

「これだよ」

にやりとして抜き取られたそれは、ピンクのローターつきディルドだった。

サイズも形状も一般的なものだが、亀頭部分に顔が描いてあるのがいただけない。

「後ろのお口にも、亀さんを味わわせてあげようと思って」

「……お前、悪趣味すぎるぞ」

しかし、それがくぷくぷと耀の後ろに入ってくると、耀は脚を開いて無意識に受け入れるポーズを取ってしまう。

「あ、ああ」

「そんな心にもないこと言ってどうするの。指より気持ちがいいだろ？」

「ん、んう、わからな」

「じゃあ、もっと強い刺激にするね」

橙夜はディルドを器用にあやつって、耀の弱い部分にぴたりと当てると、電源を入れた。

「あ、あう！」

びりびりと痺れるような刺激に、耀は背中をのけぞらせる。

「ちゃんと味わって」

逃げようとしている耀のみぞおちを、橙夜が押さえつけてくる。

「は、ああ」

無意識にかぶりをふると、おとがいを大きな手で掴まれて、耳元に息がかかる。

「そんなに、気持ちがいいの？」

低く、掠れた、男の声。けれどそれは確かに橙夜の声だった。

逃げ場がない。耀の内側にある弱い部分を揺さぶる強い刺激は、否応なく耀の官能を高めていく。強い波の予感に、全身が震えだす。それでも耀はこんな機械的な振動で絶頂するのは嫌だった。息が止まりそうなほど近くに愛おしい人を感じているのに。

「橙夜、とうや」

溺れるものが助けを求めるように耀は彼の名を呼ぶ。身体は限界だ。

「あっあ、だめだ、くる」

「来る？」

橙夜が耀の耳たぶをかじる。

その刺激に、耀は強く目をとじて、さらわれそうになる快感の波から必死に逃げる。

イキたい。でも嫌だ。このままでは嫌。

「とうや」

息も絶え絶えに、耀は懇願する。

「挿れてくれ、おまえの、俺はお前が欲し……」

そこで夢は途絶えて消えた。

MAX

「あー……」

その朝、耀の目覚めの賢者タイムは長かった。自己嫌悪が身体をマットレスにめりこませているようで、しばらく起きあがれそうにない。

俺は色狂いになってしまったのか？　なんて夢を視ているんだ。

ため息をついて、自分の股間で元気な息子を咎めてみてもどうにもならない。

この元気を、橙夜の息子にも分けてやれたらいいのに。

耀は深くため息をついた。

05

橙夜は鼻歌でも歌いそうなほど上機嫌でカンバス片手に通りを歩いていた。

高身長で見目の良い橙夜はどこにいっても注目の的だ。

「あの、モデルさんですか？」

「あ？」

赤信号で立ち止まるたびに話しかけられ、橙夜は挨拶のかわりにゴミクズでも見るような視線を投げかける。

今日は、攻撃的な暴言までは吐かずにやりすごせるくらいには寛大な気分だ。

なんせ昨夜は『耀がなんでもやると言ってくれた記念日』だ。

耀は相変わらず鈍くさくて、橙夜の気持ちに気付いてはくれない。

橙夜の必死のアプローチを受け流したのはおろか、女の子を宛がおうとまでしてきた。

その無神経さにはほんとうに傷つくけれど自業自得なので今更橙夜の心は折れない。

なんでもしてやるって。

その言葉がずっと橙夜のなかで、教会の鐘の音みたいに祝福とともに鳴り響いている。

しかも、耀が協力するのは、明確に勃起不全の回復についてだ。

今までの、生活習慣の改善だのバランスのいい食事や高周波治療機などの、ふんわりした協力ではなく。

つまり、治療と称して、もっと直接的な、つまり、性的な行為をしてくれる心づもりもある……という意味あいなんじゃないだろうか。

とはいえ、耀に任せておいたら肩透かしを食らうのは目に見えている。

機会はこちらから掴み取りに行くべきだ。待っている場合ではない。

その決意が暴走して、昨夜は夢の中でうっかり耀をめちゃくちゃにしてしまった。

だが耀が、すっぽん鍋を作ってくれたのも悪い。耀は橙夜が、お子様ランチのメニューしか食べないと思いこんでいるわけでないとわかって嬉しかった。

おかげで、ずっと渡せずにいた入手困難な日本酒も飲んでもらえた。

浮かれるままに、耀の夢にダイブして、彼を裸に剥いて押さえつけて後ろをいじり倒した。

官能に高まる熱にうかされて理性を手放した耀は、涙まじりに橙夜に挿れてほしいと乞うてきた。

橙夜だって誠心誠意本当に挿れたかった。不能なはずなのに、股間に熱が集まる気がして、今ならイケる！

……と思っていたのに、その間際で夢が終わってしまった。

本懐（ほんかい）遂げられず、しばらく落ちこんだ。

でも、冷静になって考えてみれば、それで良かったのだ。

やっぱり初めて耀を抱くのは現実がいい。

生の耀を抱いて、生の「挿れてくれ」を耳元で言ってもらうんだ。絶対に。

それは多分、もう少しの辛抱だ。

夢でも激しくすると疲れるのか、今朝の耀は気だるそうだった。

申し訳なく思うけれど、吐息も湿り気を帯び、どこか満足そうな耀は色っぽかった。

思わずその項（うなじ）に鼻を埋めて、思い切り嗅いでみたい衝動をぐっとこらえて、耀を見送ったあと、橙夜はその高まる情熱をバスルームに持ちこんだカンバスにぶつけた。

あえて選んだ小さなサイズに、今日はパステルを使う。

耀の項から香った蜂蜜の金色と彼の心みたいな澄み渡った空のブルー。未来への希望に夢をふくらませながら、耀に触れるように優しく丁寧に、そして執拗に色を乗せていく。

感情が色彩を持ち、橙夜の望むままに調和しあう世界は、印象派的な、明るい光に満ちている。

耀のいる国に戻ってきてから、橙夜は破壊の瞬間を作品に仕立てる作風をやめた。

価値ある物をあえて壊すストレスを制作意欲に転化するような無茶はもう必要ない。

耀が目の前にいるだけで、橙夜の心は浮つき、興奮し、緊張し、ときに傷ついて粉々になる。それでも最後には耀への愛が橙夜の心を再生してくれる。

耀の手の中で破壊と再生を繰り返す、橙夜の心そのものを描けば事足(ことた)りた。

「よし」

数時間ほど集中して、橙夜はほっと息をついた。

揺れる希望と不安を表す波型パターンの反復と、希望を表す明るい色の幾何学(きかがく)模様の重なりあう絵は、まるで朝日を映す水面を切り取ったようだ。

久しぶりにいい絵が描けた。

これは前からリクエストされていた小品にちょうどいいだろう。

定着液を吹きかけると、橙夜はそれを持って立ちあがり、街へと出かけることにした。

あとをついてきて引き留めようとしてくる見ず知らずの人間を冷たい目で振り払いつつ、橙夜は右手にあるカンバスを大事に抱えなおす。

耀は橙夜の絵が売れるのがとても嬉しいようだから、今日はこの作品の新鮮な売上で耀になにか買おうと思っている。

考えてみれば、耀にずっと家事を任せっきりだ。夢のせいだけではなく、疲れが溜まっているのかもしれない。

橙夜は張り切って長い脚を有効に活用して通りを渡り、メインストリートを一本入ったところにあるギャラリーに入る。

「あら、こんにちは、久しぶりだね」

その画廊のギャラリストは、留学時代の知りあいだ。

国内のギャラリーには所属していない橙夜だったが、学生時代に世話になった知りあいの経営している、都内のいくつかの店にだけは時折絵を納品している。

「これ、前に約束していたやつ。どうかな」

「あら、見せてもらえるかしら」

橙夜が抱えていたカンバスを渡すと、彼女は嬉しそうに目を細めた。

「いいわね。激しい色あいのものが得意だと思っていたけれど、最近の明るいのもいいね。中央のブルーが特に好き。心境の変化があったのかしら」

「んー。まあね。買ってくれる？」

「もちろん」

そう言って彼女は金額を提示し、橙夜が了承するとすぐに送金された。

彼女は橙夜個人には無関心で絵にしか興味がない珍しい人物だ。

感想が率直でときに厳しい指摘もされるぶん、褒められると嬉しい。

ほかほかの報酬を手に、橙夜はまず家電量販店に足を向けた。

そこで必要な物を買い揃えて手配したトラックに積みこむと、一度耀の家に帰ってセッティングする。

それから再び街に出て、今度はふらふらと路面店のウィンドウを物色する。

買い物は決まった店にしか行かないほうだが、今日はアイディア出しのヒントが欲しい。

色々な物を見て脳を刺激して、耀へのリクエスト内容を練りたい。

舐めてほしいとか、咥えてほしいとかは、あまりにもストレートすぎるよな。

思羽にもらった本も参考に読んだが、どれも二人の特別な思い出に由来するプレゼントとか、もしくはお前が欲しい、などというベタなものかで参考にならなかった。

耀から物をもらいたいわけではない。物を買う暇があったら自分に構ってほしい。物より本人がまるごと欲しい。だからといって『耀の全てが欲しい』と望んでも、してもらいたいことは具体的に説明しろとダメ出しされて終わるだろう。

どうしようかな、とふらふら歩いていると、おもむろに思羽がにょろりと現れた。

「忘れているかもしれないが」

「うわ、びっくりした」

「契約内容を忘れているようだから忠告しておくが」

橙夜は思わず声を上げたが、思羽のほうはいたってポーカーフェイスだ。

「えー、なんだよ。今忙しいんだけど」

橙夜の周囲の人々は、急に現れた細長い男に、特に驚くでもなく通りすぎていく。

思羽から、悪魔は誰にも認識されずに存在できるとは聞いていたが、こんな人通りの多い場所でも誰一人こちらを見ないというのはなかなか羨ましい能力だ。

「契約では、お前の想いが相手に届く前に、お前が射精してしまうと、契約違反となる」

誰にも聞かれないおかげで、昼間の大通りでは相応しくない台詞を、思羽は平然と口にできるというわけだ。

「……あ？」

ただ、橙夜のほうはその内容にぎょっとした。寝耳に水だ。

「そうなればお前はそのあと一生分の性欲を奪われる」

「はあ？　俺は今不能にされてんだろ？　その可能性はなくねえ？」

「お前の精力は私の力の源だ。射精は互いのためにならないゆえに封じてはいるが、性衝動が高まりすぎると抑えきれなくなる」

「まじか。どうにかしろよ」

声を荒げる橙夜に、思羽はため息をついた。

「どうにもならん。だから契約書はちゃんと読めと言ったんだ」

「あんな長ったらしいの、全部読んでられるかよ」

橙夜は吐き捨てた。契約しようと言ったとたんに目の前に現れた巻物は、ゆうに五メートルはありそうだった。重厚な羊皮紙製のそれには手書きの、流麗だが解読に苦労する書体で、目が痛くなるほどの密度で契約についての但し書きがあったのだ。

悪魔いわく、トラブルがあるたびにどんどん長くなっているらしい。

「軽い気持ちで悪魔と契約するな。道理で質問もなくサインしてくると思っていたが」

「重要事項は口頭でも確認しろよ！　この詐欺師！　人間だったら訴えるところだ」

「私は詐欺師ではないが悪魔だ。人間なみのホスピタリティを求められても困る」

もっともな言い分にも思えるが、やはり納得いかない。

「お前の恋愛感情よりも、欲望が高まったとき、それがお前の最後の射精となるだろう」

バカバカしい宣言とともに、悪魔は消えていった。

「まじかよなんだよ」

毒づいてみてもしかたない。

正直ショックだ。考えがまとまらないまま、橙夜は花屋に向かった。

そこで予約しておいた、小さくも美しいブーケを受け取り、約束の場所へと向かう。

商業ビルのエントランスホールの隅っこに、耀を見つけた。

眉を寄せて文庫本に熱中していた彼は、橙夜が呼ぶと、ぱっと顔を上げて目を輝かせた。

耀はいつも約束より先にやってくる。きっと心配性なせいで早く来てしまうのだと思う。

橙夜が早めに行けば彼はもっと早くから待ち始めるのが目に見えている。

「お待たせ」

心からそう言葉にして花を渡す。

「なんだ、男に花束か？」

「花を送るのに性別なんか関係ないだろ？　嬉しいでしょ？」

「まあ、そうだな……ありがとう」

素直にお礼を言ってはにかむ耀を見ると、この人を好きで良かったと橙夜は思う。

けれど耀が自分に恋してくれるとは、どうしても想像できないのだった。

片思いのまま射精すれば一生不能だって。まるで汚い人魚姫みたいだな。

言葉を喋れても、海の泡になるわけではなくても、想いを遂げるのは難しい。

「行こう、お店の予約を取っているんだ」

落ちこんだ気持ちを振りほどき、橙夜は耀の手を握って子供みたいに振りまわした。

「おい、やめろ、恥ずかしいだろ」

照れつつも、つないだ手を握り返してくれる。

その力強さに胸をつかれて、ずっと側にいたいと橙夜は願う。

好きだと告白しても、耀は側にいてくれるだろうか。

06

遡(さかのぼ)ること20分前。

「最近、身近に様子のおかしい者はいないか？」

橙夜を待っていた耀は、奇妙な一団に絡まれた。

ちょうど読んでいた小説が佳境(かきょう)で熱中していたせいか、耀は声をかけられるまで彼らの気配に気づかなかったので驚いた。

それでも都会のキャッチに捕まりまくった長年の経験からすぐに顔は向けず、横目で相手を観察する。

彼らは皆一様に黒いスーツ姿だ。きっちりセットされた髪から磨かれた黒い革靴の先まで、一片の乱れも許さない雰囲気だ。

顔立ちはマネキンのごとく整って無表情。整然とした動きもあいまって、まるで人型ロボットめいた不気味さがあった。

つまり、明らかに関わりにならないほうがいいタイプ。

「最近、身近に様子のおかしい者はいないか？」

読書に夢中で聞こえないふりをしていると、録音だろうかと疑うほど同じ調子で繰り返してくる。これは返事をするまで諦めないパターンだな、と耀は悟る。

「思いあたりませんね」

目の前にならいますが。と、内心で返しつつ、興味のなさを装う。

身近な様子のおかしい者には心あたりがありすぎたが、伝えるには相手があやしすぎる。

「そうですか。あなたから天使の気配を感じたのですが」

すぐに弟に取り憑いている天使を思いだしたが、否定する。

「気のせいですよ」

「そうですか」

最初に話しかけてきた男はそれで素直に引き下がった。けれどほっとする暇もなく、今度はその隣にいた男があとを継いでくる。

「貴方の友人に、急に感情が乏しくなったり、天使を自称し始めた相手はいないか？」

「……いませんね？」

「その人物は危険な思想を持ち、大きな力を持っています」

「……それは怖いですね。でも知らないのでなんとも」

俺はあなたがたのほうが怖いのですが。

頑なに目を合わせずにいると、三人目が口を開いた。

「ご心配なく、私達は正真正銘の天使です。正義のためにここにいます」

「……それはそれはご苦労様です」

思わず感情が漏れて怪訝な顔をする耀に、四人目が名刺を差しだしてきた。

「なにか心あたりがありましたらご連絡ください。これは魔除けの効果もありますので、どうか常に身につけておいてください」

「これはご丁寧にどうも」

耀が素直に受け取ると、彼らはザッといっせいに耀から離れていった。

「……本当に、なんだったんだいったい」

カルト宗教か？　耀は顔をしかめた。まあ、しつこく勧誘されなくてよかった。

白丸も相当怪しいが、連中と比べたらまだ天使だという説得力があるな。

やれやれとため息をついて、読書に戻った耀だが、連中の言葉が脳裏にこびりついていて、なかなか集中できなかった。

「耀！」

まもなく橙夜がやってきた。橙夜は黒いコートを翻して、小さな花束を振りながら、小走りで駆けてくる。色白で、黒がよく映える顔に喜びを溢れさせて。

「お待たせ」

耀は自分を見つけて駆けてくる橙夜が見たいから、いつも早い時間から待っている。カフェにも入らずひと目につきにくいところを待ちあわせに選ぶのも、橙夜の笑顔を独り占めにする優越感を味わいたいから。

ただ、橙夜が耀に花束を渡して手を繋いでくるのには困惑した。恋人にもこうするのだろうかと想像すると、胸がちりりと切なくなってしまう。

それでも耀は、握った手に力を込める。橙夜を守らねば、という使命感と、失いたくないと祈る気持ちが、複雑に混ざりあっている。

「今日はなにを食べに行く？」

「天ぷら食べたいって言ってたでしょ？」

「そうだった、天ぷらは後片付けが面倒だから食べたくても作りたくないからな」

「そんな理由？」

呆れながらも笑い返してくる。

橙夜がいつまでも健やかであれば、他になにもいらないと願っていた。

「どうしたんだ？　これはいったい」

久々の橙夜との外出から帰宅した耀は玄関に迎えに来た物に顎が外れそうになった。

それは丸くてひらべったくてウィンウィンとモーター音を発しながら小さなブラシでせっせと床を掃除している。

耀の記憶が確かならば、これはいわゆるロボット掃除機ではないだろうか。

「おかえりなさい、耀。掃除しておいたよ」

先に玄関に上がった橙夜が、明るい笑顔とともに迎えてくれる。

「ただいま、それはありがとう？」

状況が把握できないまま、耀はつられて笑いながら、廊下を歩く。

キッチンに入ると、耀は再びぽかんと口を開けてしまった。

シンクの隣の空間に、大きな箱型の物体が鎮座している。

「食洗機……」

「そう、これでお皿も洗ってあげられる」

「ありがとう……えっ」

「明日からは洗濯も手伝えるよ。洗濯機も乾燥機つきにしておいたから」

「えっ⁉」

脱衣所をのぞくと、そこにはつやつやのドラム式の洗濯機が、どんと鎮座している。

「……え、どうしたんだこれ」

「いいかげん、僕も家事を手伝おうと思って」

橙夜が得意げに胸をはる。

「僕でも簡単に家事ができる物を揃えてみたんだ」

これは家事をしたわけではなく家事をするロボットを買っただけでは？

いや、問題はそこではない。

「え、お前、これ高かっただろ、お金どう工面（くめん）したんだ？」

もはや青い顔になりながら耀は橙夜に詰め寄った。

食洗機もロボット掃除機も、家電量販店を訪れるたび悩んできた。

欲しいが一人暮らしだ。そんなに部屋が広いわけでもたくさん洗い物があるわけでもないし贅沢品ではないだろうか？　と買ってこなかった。

ドラム型洗濯機にいたっては、便利だという認識はあったが、値段を見て、よしボーナスが上がっていたら買おうと諦めたところだった。

「絵が売れたって言っただろ？」

それなのに橙夜はけろりとした調子でそう答える。

「そんなにいい値段が付いたのか！」

びっくりして声がひっくりかえった耀に、橙夜は苦笑している。

「そりゃ、これで生活しているんだから千円や二千円では売らないよ」

「そうか、すごいな！」

耀は感嘆の声を上げて、それから眉間に皺を刻む。

「でも俺はいいからちゃんと貯金！」

「でも、耀、これから僕の不能治療にも協力してくれるんだろ、これ以上負担はかけられないよ。家賃だって払ってないのに」

「そんなの、気にするなよ。俺がしてやりたいだけだ」

逆に負担をかけてしまった気がして耀は申し訳なくなる。

同時に、橙夜が案外ちゃんとお金を稼いでいると知れてほっとした。売れないといっても一応生活できる程度には認められているようだ。

耀は橙夜がどれほど稼いでいるのか、尋ねたことがなかった。

聞けば教えてくれるだろうが、知れば欲が出る。根掘り葉掘り聞きたくなるのが目に見えているので、橙夜が自ら教えてくれる以上には立ち入らぬよう自制していた。

その遠慮のせいで、悪魔に付けこまれる事態を起こしたのだから、改善したほうがいいのだろうが、性的指向を隠している自分が、一方的に橙夜の私生活を把握するのは誠実ではない気がする。

それに、橙夜は困った事態になれば、きっと自分を頼ってくれると信じていたから。

「なあ、橙夜、困ったことがあれば何でも俺に相談しろよ」

「もう充分なくらい助けてもらっているけど」

橙夜が苦笑している。

そうだ、橙夜も、もう二八だ。永遠に子供のままなわけではない。

耀は反省しつつも、橙夜の成長に、寂しくなっていく。

いずれ橙夜も成長してトラブルを自分で解決するようになるだろう。やがて耀という避難所も必要でなくなり巣立ちしていくのだ。

思わず黙りこむ耀に、橙夜はやれやれといったふうに腕を広げてみせた。

「耀、それよりも僕に言うことはないの？」

ほらほら、と橙夜が催促する。子供のころと同じポーズで。

懐かしさに高ぶる感情のままに、耀は彼の腕に飛びこんだ。

「ありがとうな！　橙夜」

背伸びをして、頭をわしわしと撫でてやる。橙夜は破顔して、耀を抱きしめてくる。

身体が密着すると、耀の心臓は跳ねあがる。同時に深く安堵もする。

橙夜はいくつになっても愛され上手で、耀の心の変化に敏感だ。

本当は、甘えているのは耀のほうだ。

「へへ、どういたしまして」

嬉しそうな笑顔に、耀は骨抜きだ。俺だけの天使。

一瞬、先刻の変な自称天使集団が脳裏を過ったが、耀は僅かに顔をしかめて振り払った。

「……ちょっと狭いと思わないか？」

リビングの床に敷いた布団に横になる橙夜を、耀は困惑しつつ見下ろしている。

「狭くないよ、この布団だって、僕サイズの特注品だろ」

耀は横になって肘をつき、ぽんぽんと自分の隣に耀を誘う。

たしかに眠るには充分なスペースだ。ただ、橙夜サイズの布団の隣に耀の布団を並べると、床が一面布団の海になる。それを狭いと感じるだけなのだ。

あとは自分の気の持ちようだ。

「まさかこの歳になって、添い寝をねだられるとは思わなかったな」

家事ロボットのお返しにしてほしいことはあるかと尋ねると、橙夜は迷いの無い目で添い寝をしてほしいと言ってきた。

「EDにもいいらしいよ。別に恋人でなくても、添い寝はリラックス効果があるんだって」

「だが、これじゃお返しにならないだろ？」

「いいの、そもそも家事ロボットがいつもの耀へのお礼なんだから」

橙夜はどうしてもこれがいいと言う。

「やっぱりさ、一人寝って、大人になったほうがさみしいものだからさ」

冗談めかした台詞が夢で見た橙夜と重なって、耀は目眩がした。

それでも自分が言いだした手前、断るわけにはいかない。

「子供のころだって、勝手に俺の布団のなかに潜りこんできただろ」

悪態をつきながら、耀はできるだけ橙夜の身体を意識しないように横に寝そべる。

すると橙夜が嬉しそうに耀の布団を顎まで引きあげて、肩をとんとんと叩く。

「こうしていると、耀のほうが弟みたいだ」

「まあ、お前のほうがずいぶん大きく育ってしまったしな」

橙夜が年上ぶって耀をあやそうとするから、和んで自然と身体の力が抜けていった。

興奮で眠れないかと危ぶんだが、いざしてみると昔を思いだして耀の気持ちは凪いだ。

「昔だって、僕が添い寝したのは、耀が一緒に寝たそうにしていたからだ」

ふんと、得意げに鼻をそびやかす様子に、耀はこましゃくれた子供だった橙夜の、小さくて、つんと尖った鼻先を思いだす。

「そうだな、お前が布団に入ってくると嬉しかったな」

だから、耀はそれを素直に認めた。

「お前は俺の宝物だよ。昔も、今も」

「……どうしたの、一体」

いつもの小言が出ない耀に、橙夜が戸惑っている。

けれど想いを隠すよりも、素直に愛情を示すほうが彼を安心させる気がしたのだ。

「お前になにがあっても俺はお前の味方だ。だから安心して、なんでも言ってくれ」

「……別にそんなこと」

橙夜はもぞもぞと耀のほうに寝返りをうって目を合わせる。

「僕はちゃんと知っていてここにいる。耀に付けこんでいるんだ」

「幾らでも付けこんでくれ。お前といるのは俺だって楽しい」

しっかりと返事をすると、橙夜は一瞬くしゃりと顔をゆがませたあと、耀の首筋に、ぐりぐりと頭をすりつけた。

「……素直な耀ってなんだか怖いな。眠れなくなりそう」

「ふふ、そうかと思って」

これ幸いと、耀はレンタルしてきたディスクを広げてみせる。

「アダルトビデオ借りてきたんだが、お前の好みはどれだ？」

うきうきと尋ねると、橙夜はがっくりと肩を落とした。

「耀ってほんと朴念仁(ぼくねんじん)だね」

その夜、耀は自分が夢を視ていると気が付いた。

舞台はいつもの、耀の部屋だ。

まだ橙夜は登場していない。自分の姿を確認すると、大きめの白いドレスシャツと黒いソックスとガーター姿だ。

まあそうなる、と耀は納得した。

ずらりと並べたディスクの中で橙夜が選んだのは女教師ものだった。ストイックなタイトスカートの下は黒いストッキングにガーターベルト姿だった。

最初は乗り気でなかった橙夜が、女優がガーター姿になったとたんに食い入るように観ていたのを盗み見て、ガーターフェチなのかなと思った影響だろう。

とはいえ自分が女優と同じ格好をするのは滑稽だ。俺はそんなに橙夜に抱かれたいのだろうかと情けなくなる。

悶々としていると橙夜が登場した。

「これ、僕のシャツ?」

「そうだな、お前の好みなのか?」

だがもう居直るしかない。肚を決めて見上げると、橙夜が嬉しそうにする。

「そうだよ。そのとおり。嬉しいよ」

そう言って、シャツの下に手を伸ばして耀の尻を揉んでくる。

夢のなかの橙夜はどんな耀も拒絶しない。ならば、と耀は大胆になってみた。

「今日はマッサージをしようと思うんだが、どうだろう？」

耀は橙夜にまたがって、尻を彼の股間にすりつけた。

性感マッサージは耀の得意スキルだ。学生時代スポーツ医療の講義を受けていたのでリンパや筋肉の流れを正確に把握しているしセフレにも好評だ。

橙夜にもしてやりたいが、かなり際どい場所に触れるので、耀のほうが興奮してしまいそうで勇気が出ない。その鬱憤を夢の橙夜で発散してみようと思ったのだ。

「……もちろん大歓迎」

橙夜も腰を浮かせて、耀の敏感な器官を突く仕草をする。

橙夜のそこは反応する前からずっしりと存在感があって、耀はごくりと生唾を呑みこむ。

「もちろん、エッチなやつだよね？」

「……そう頑張るよ」

耀は橙夜のシャツを脱がし、引き出しからローションを取りだす。

「鼠径部を中心にリンパに沿って、もみほぐしていく」

「つまりここをマッサージするってわけか」

橙夜は見せつけるようにボトムスのフロントジッパーを下げていく。

「耀、パンツ脱いでよ」

「あ、こら」

橙夜が耀のボクサーを引っ張ると、それはするすると毛糸みたいにほどけて消えた。

「……」

さすが夢だな。しかし、夢のはずなのに、下半身がすうすうとする感覚はリアルだ。

「お前は下着を脱がないのか？」

「耀の気が散ったらいけないと思ってさ。僕のは大きいから」

「言ってくれるな」

橙夜は笑って、耀の手からローションを奪った。

「どっちが上手か競争しよう」

「……」

どうも、普通にマッサージさせてもらえそうにない雰囲気だ。夢だからといって思いどおりにはならないものだ。


「あ、アウ！　まっ、あっア」

橙夜の顔に向けて双丘を高く上げたポーズで、耀は声を上げていた。

「また感度が上がったんじゃない？」

耀の身体の下で寝そべっている橙夜は楽しげで、遠慮なく耀の後孔に指をつっこんで、弱い場所を刺激してくる。

長くて太い指に、腹の内側を押されるたびに、下腹部がきゅうきゅうとひきしぼられて、ぶらぶら揺れる欲望の先端から、白濁まじりの先走りがだらしなく垂れ流れる。

下を向けば、橙夜のペニスがゆったりと重そうに揺れている。

反応はしているが、完起ちには至っていない。

それが視界に入るたびに、耀の内側は勝手に収縮した。

まるで、それを求めてあえいでいるようで、はしたない自分の身体に恥ずかしくなる。

「う、アン！」

それでも求める気持ちを止められず、せめてそれを咥えようと舌をのばすと、橙夜は耀を酷くせめたてる。そのたびに耀は橙夜の上に倒れこまないように必死で四肢を突っ張った。

「あっ、なんで」

しつこく意地悪をされ、堪え性のない耀は音を上げて、涙目で振り返って橙夜に訴える。

「気持ちよくなりたいだろ？」

橙夜はわざとらしく眉を下げるばかりだ。

「でも、そうじゃなくて」

耀はかぶりをふる。

「二人で、気持ちよくなりたいのに」

「耀は可愛いねえ」

橙夜が耀の下から抜けだすと、腰を掴んで後ろにのしかかってくる。

「でも僕、耀がぐちゃぐちゃになるの、もっと見たい」

「そんな、アッ」

耀は彼の中心に、自分の後ろを擦りつける。

「んっ」

柔らかな肉に挟まれて、橙夜が声を漏らす。気持ちが良くて思わず漏れてしまったといったふうな声が可愛くて、耀は興奮した。

「なあ、いれて、ちょっとだけでも」

「ああ、耀」

橙夜が熱い息をはいて、耀の後ろの孔を、両手の親指でぐっと広げる。

耀は腰を落とし、両手で尻を開いた。まるで交尾を待つ獣みたいに。

「耀」

息を詰める気配がして、先端があてがわれる。わずかな抵抗とともにそれが入ってくる。

熱くて柔らかくて、つるりとしていて、脈打っている。

「橙夜、もっと奥まで」

身体を反らし、迎えいれるポーズを取る耀の無防備なペニスを、橙夜の大きな手が掴む。

「ウッあ」

急な、直接的な刺激に、耀の身体が驚いて、熱いしぶきが駆けあがってくる。

「アッ、あ、まだ、まだイッ……！」


はっと目をさまして、耀は慌てて下腹部を押さえた。

触れられるほどの近さに、橙夜の寝顔がある。

耀は思わず股間を掴んだ指に力を込めてしまって、小さくうめいた。

幸い、橙夜は長いまつ毛すらぴくりとも動かさず熟睡しているようだった。

ほっとすると同時に、魔が差した。

耀はもういちど、指をわずかに動かして、腫れあがった自分の性器を刺激した。

絶頂寸前にまで高ぶっているそこは布越しに触れるだけでも、びりびりとたまらない快感を伝えてくる。

「……」

唾液が口内に溢れる。唇が閉じられないくらいに、気持ちがよかった。

「ふ、う」

耀は枕を噛んで、息を詰め、改めてそこを握りこむ。

びくびくと、手の中で欲望が跳ねて、下着を濡らす。

その刺激すらたまらなくて、耀は柔らかなインナーの布地に先端をこすりつけた。

身体の奥がせつなく収縮する。うねる内壁に力を込めて、さきほど感じた、橙夜の熱い塊を想像する。

身体の中に欲しい。あれにいっぱいにされたい。

気持ちがいいところを全部こすられて、からからになるまで泣かされたい。

「あ」

頭が真っ白になる、きつい絶頂の予感に、耀は思わず声を出して身体を浮かす。

ふう、とまぶたを持ち上げた瞬間、耀は、至近距離にいる橙夜と目が合った。

「……」

耀は息をするのも忘れて、寝ているはずだった橙夜の顔をじっと見つめた。

その時、急に知らない男が橙夜のすぐ背後に現れた。

「お前このままだと一生不能になるぞ！」

寒気が走るような美貌の、まるで描かれた絵のように現実味のない男が、橙夜に向かって怒鳴っている。細い身体に黒いスーツは神経症じみた清潔さを窺わせる。

どこから出てきたんだ？

混乱して橙夜を見ると、彼はあからさまにしまった、という顔をした。

「思羽、見られているぞ」

そして声をひそめて男に話しかけている。親密な雰囲気だ。

「お前は誰だ？」

戸惑いつつ起きあがり、耀は思羽と呼ばれた男と橙夜を交互に見る。

男は感情の読めない眼差しを耀に合わせたあと、ふいと橙夜に話しかける。

「幡手耀の目は誤魔化せない。彼は天使と接触したばかりで悪魔の力が効かない」

「天使だって？」

どうして天使と会ったことを、この得体の知れない男が知っているんだ？　と首を傾げた耀は、すぐにはっとした。

「もしかしてこれが悪魔？」

「え、なんで悪魔を知っているの？」

橙夜は慌てた様子で目を逸らした。そのまま逃げようと起きあがったが手遅れだ。

「お前、本当に悪魔に取り憑かれているのか!?　しかも同意の上なの!?」

思わず大声で問い詰めると、橙夜が肩をすくめて小さくなる。

「落ち着いて、大丈夫だから」

幼い仕草が、今は憎たらしい。

「大丈夫なものか、この悪魔を追っている天使から聞いている。お前のせいで俺の弟まで天使憑きにされたんだぞ」

「思羽が天使に追われている？　聞いてないんだけど」

「喧嘩はやめろ、面倒だ」

不穏な状態になっている二人の空気を読まず、悪魔が口を開く。

耀はますます頭に血をのぼらせた。

「お前が橙夜をたぶらかしたのか？」

他人事で冷静な思羽に詰めよる耀を、橙夜が肩を抱いてなだめてくる。

「ごめん、耀、僕も天使に追われているのは知らなかった」

「あとにしろ、追手が迫っていたらどうするんだ」

「橙夜に近寄るな！」

カッとして、耀は橙夜から悪魔を突き放すと、サイドボードに置いてあった名刺を投げつけた。先日会った自称天使たちの物だ。

小さな紙切れがわずかに光ったかと思うと、悪魔は恐ろしい唸り声を上げて白い鳥の姿に変わった。

「お前これをどこで？」

「えっ」

効果に驚いて耀は目を丸くする。

まさかあのあやしい連中も本物の天使だったのか？

ならば、と耀は部屋の隅にたてかけてあった鞄に飛びつく。

「橙夜になにかしたら天使を呼ぶからな」

耀は悪魔に白丸からの笛を見せて警告する。

「そいつはやめてくれ。全部説明してやるから」

笛を見たとたん、悪魔は諦めた様子でソファの背に降り立った。

「いや、全部説明はちょっと」

「橙夜」

慌てて止めようとする橙夜を、耀は睨みつける。

「他人にバラされるのが嫌だというのなら、お前の口から話せ」

「別にたいしたことじゃないよ」

「橙夜、何度も言わせるな、話せ。たいしたことかどうかを決めるのは俺だ」

声を低くして言えば、橙夜は耀の本気を感じたのか、渋々ながら白状した。

契約で耀の夢に入る能力を得たこと。代償として不能になったこと。

契約期間は定まっておらず、耀と両思いになることで終了すること。

ただし、両思いになる前に橙夜が射精してしまうと生殖能力を永久に奪われること。

ひととおり聞いたあと、耀は深く息をついて、一度気持ちを収めようとした。

まさか自分が原因だというのか？

「……なんでそんなバカな契約をしたんだ？」

橙夜はふてくされながらもぼそぼそと告白してくる。

「仕方ないだろう、どうしても耀を、振り向かせたくて」

橙夜の口答えが終わらぬうちに、思わず手が出た。

ぎりぎり平手にしたけれど、部屋に派手な音が響く。

「いや、でも」

「でもじゃない！」

さらに大声で叱ると、さすがの橙夜もおとなしくなった。

頬が痛いのか、涙目になってしょぼくれている。

暴力は良くないが、怒っていなければ泣くか叫ぶか気が触れるかしてしまいそうだ。

橙夜が起こすトラブルをいつも許容してきた耀だったが、今回ばかりは限界だ。

悪魔の存在を示唆(しさ)されていたとはいえ、実際目のあたりにすると衝撃の度合いが違う。

幾ら白丸に決定的だと言われても、橙夜に限って、まさかと思っていた。

いい加減そうに見えても本当に間違っている選択はしないと信じていたのに。

「とにかくこの悪魔を天使に連れていってもらうぞ」

「え、話したのにだめなのか？」

「別に話せば天使に突きださないと言った覚えはない」

遠慮なく笛を吹くと、思羽は慌てて姿を消した。

「おい、捕まえておけ」

橙夜に言ったが、ショックを受けているのか、ぴくりとも動かない。

しかも笛を吹いても天使はやってこなかった。


それから五分後、再び羽音がして、思羽が現れる。

「なんで戻ってくる」

多少頭が冷えた耀が白い目で迎えいれると、彼は人間の姿を取りながらとぼとぼとソファに腰掛けた。

「契約者から離れられない。力を無駄に消耗するだけだ」

「橙夜の身体にはもう戻さないぞ」

「仕方ない……しかし笛の主はまだ来ていないのか」

「そんなに早く来るものなのか？」

あれから数度吹いてみたがなんら変化は起こらない。

「一瞬でやってこられるはずだ。あれにはその程度の力はある」

「よく知っているな」

「まあ、私の監視役だったからな。聞いてないのか？」

言われてみればそんな説明をされた気もするが、耀は呪文みたいな鳥の名前のほうに気をとられていた。

「……とりあえず弟に連絡してみるか」

なんとなく気勢を削がれた耀は態度を軟化させてスマホを手に取った。

「あら、耀、元気？」

出たのは母親だった。

「あれ、智葉は？」

「出掛けたわよ。携帯を私に預けて」

どういうこと？　と尋ねると、彼女はそれがねえ、と困った様子だ。

「電波の届かないところにいるから、耀から連絡あったらかわりに出てくれと頼まれてね」

……まさかまたおかしな儀式を始めるつもりなのかしら」

ぼやいてはいるものの母親にはあまり危機感はなさそうだ。

「おかしなことはなかった？」

「そうねえ、やたら美形のブラックスーツ姿の集団が智葉を訪ねてきたくらいかしら。あの子のお友達って個性的な子ばかりよね」

確かに智葉の知りあいはだいたいあやしい出で立ちだから母親の感覚は麻痺(まひ)しているのだろう。

「携帯預けたのは多分、俺が家に寄れそうだったら智葉に連絡すると約束していたからだよ」

「あら、智葉より先に私に言ってよ、食事の用意もあるんだから」

「いや本当にちょっと顔を出すだけだから気にしないで！」

母親のおしゃべりに巻きこまれてしまう前に、耀は適当にごまかして通話を切った。

スーツ集団というのは、悪魔よけの名刺を渡してきた自称天使集団だろうか。

「よし、考えをまとめよう。まずは思羽だ」

授業のときの癖で、耀は、ぱんと手をたたいて、思羽を差ししめす。

「お前はその、智葉に憑いている、白丸という天使についてなにを知っている？」

「そもそもあれはまだ天使なのか？」

思羽は耀の質問に、怪訝そうな顔をした。

「どういうことだ」

「白丸は、裁きの天使だ。人間界で悪事を働く悪魔を捉え罰するのが主任務だ。しかし執拗すぎる性格で、標的を深追いして何度も父からお叱りを受けていた」

「そいつはお前を追っていたみたいだけれど」

「よく今まで逃げ延びられたものだと自分でも感心する」

しみじみとひとごとみたいに思羽は深く頷いた。

「白丸は今や天界の指示を無視し、手段を選ばず悪魔狩りをしていると悪魔たちは戦々恐々だ。天使も白丸の捕獲に躍起だ。天使の恩寵を持ったままだから厄介だと耳にした」

「そんな危険な存在が弟の身体を乗っ取っているのか？」

耀はぞっとした。

「そうともあれは危険な存在だ」

訳知り顔で思羽がうなずく。

「私のごとく契約を守り働いているだけで、人を騙したり殺したりしない無害な悪魔すら、目をつけたら執拗に追跡し続けるのだ。悪魔以上に残忍な性格だ」

「お前が無害だとは全然思わないが」

耀は冷たく返す。

「そうだ、あのばか長い契約書は詐欺だ」

静かになっていた橙夜も、息を吹き返したように思羽を責める。

「契約は契約だ。悪魔に人間なみのサービスを求めるな」

「そもそも悪魔となんか契約するな」

けれど二人に同時に反撃されて、再び沈んでしまった。

「……しかし、どうしても解約はできないのか」

橙夜がちょっと可哀想になった耀の問いにも、悪魔はにべもない。

「できない。契約書の内容は絶対だ」

耀が本心を告げて両思いを証明すれば契約は終了するのだろう。しかし橙夜は悪魔とつるんで耀を騙していたのだ。おまけに智葉まで危険にさらしている。そんな彼の尻拭いで愛を告げて全てを許すなんて耀にはとうてい無理だった。

ただちに命を奪われる状態にでもならない限りは橙夜がきちんと反省して、責任を持ってこの問題を解決できるまで、こちらから動かないようにしよう。そうでないと、また似たようなことをやらかしかねない。

「しかし、お前が封印されれば契約も続行できないのだから、破棄されるだろう？」

「まあ、それはそうだが……」

思羽は苦々しい顔になった。どうやらそのとおりらしい。

「だが先刻の電話の様子からすると白丸は天使たちに追われているようだな。お前の弟は白丸に器を貸しているのだろう？」

「危険なのか？」

弟の話を出されて、耀はひやりとする。白丸は得体が知れないが、智葉を守るという誓いは、信じられそうだった。だが自分自身が危なくなっても守るだろうか。

「天使は執念深く獲物を追いかける。とくに逃亡中の天使は容赦しない。おそらくもう捕まっているだろう」

「彼に憑依されている智葉はどうなる」

「取り憑かれたままなら、ともに地獄の業火に焼かれるか、世界の終わりまで天界の牢獄に封印される」

　耀は真っ青になる。

「どうすればいい？」

「次に天界の門が開くまでは、白丸は人間界にいるだろうが、人間では天使に太刀打ちできない。私が手助けしてもいいが、それで私がまた封じられるならやれないな」

　突き放した調子で言われる。

「薄情だな」

「悪魔だからな」

　ごもっともだ。

　何か思い立ったとばかりに、橙夜が再び口を開いた。

「そういえば、思羽、俺がお前の壺の封印を解いた礼がまだだったな」

「なんだ？」

　思羽は急に刺されたみたいな顔で橙夜を見る。

「お前との契約には対価を払っているが、俺がお前の封印を解いた件ではお前から対価を受け取っていないな。悪魔が人間に借りを作っていいのか？」

「それは……そのとおりだ」

悪魔は悔しそうに顔を歪める。

橙夜はいつもの傲慢さを取り戻した様子で、冷たい目で悪魔を見下ろした。

「じゃあ、お礼として、件（くだん）の白丸って天使を見つけだしてくれる？」

「……仕方ない」

「橙夜、おまえ賢いな！」

思わず耀が褒めると、橙夜はそれほどでもと頭をかいて、頬をゆるませる。

一瞬、和む気配は、けれど耀が、はっとした様子で難しい顔でそっぽを向いたことですぐに消えてしまった。

07

悪魔はむきだしのままでは、長いこと人間界にいられない。能力も使えない。となれば、白丸を探す手助けもできない。

お手数ですが
84円切手を
お貼りください
アンケートのみは
63円切手を
お貼りください

郵便はがき

東京都豊島区池袋 2-41-6
第一シャンボールビル 7F
（株）心交社
ショコラ文庫 愛読者 係

ご購入した本のタイトル
あなたのえっちな夢は全部悪魔のせいだよ

住所 〒

フリガナ
氏名

女・男

年齢 10代 20代 30代 40代 50代 それ以上

職業

あなたがよく買う BL 雑誌・レーベルを教えてください

◆当アンケートはショコラ HP からもお答えいただけます。
◆皆様からお預かりしました個人情報は、今後の出版企画の参考にさせていただきます。同意なく第三者に開示・提供はいたしません。

ショコラ文庫 近刊案内

不可侵の青い月
～堕淫～

著：西野花
絵：北沢きょう

皇帝ギデオンは二度と愛欲に溺れまいと誓う大司教ブランシュの信仰を認めず、凌辱の限りを尽くすが…。

初恋王子の波乱
だらけの結婚生活

著：名倉和希
絵：街子マドカ

昨年の夫婦喧嘩を反省したフレデリックと甘い生活を満喫するフィンレイ。だが領地には危険が迫っていた。

累計55,000円以上
ご購入いただいたお客様には、
ショコラオリジナル図書カード
をもれなくプレゼント中♥
（1回のお買い物合計額ではありません）

悪の愛犬

著：宮緒葵
絵：石田恵美

天才ハッカーの日秋は、自分を飼い主と慕う烈と隠れ家で愛し合いながら、ある事件について探っていたが――

そう説得されて橙夜はいちど思羽を身体のなかに戻す許可を出した。

耀は恐ろしく拒否反応をしめしていたが。

「さっさと見つけだせ」

嫌悪を隠そうともしない耀の冷たい目は、橙夜が初めて見るものだ。

新鮮さにぞくぞくするが、それが悪魔だけではなく自分にも向けられていると思うと、心が折れそうでもある。

自業自得この上なく、弁解の余地もないのだが。

それにしても耀は、橙夜の告白をどう思っているのだろう。

最悪のタイミングで耀への気持ちを伝えてしまったが今のところ完全に流されている。

それどころか暴力をふるわれた。

悪魔の手を借りたからって、ひっぱたくことはないんじゃないか。

しかし怒っている耀はとても怖くて、橙夜は抗議もできない。

耀に嫌われてしまったら生きてゆける気がしない。

悪魔も天使も智葉も、正直橙夜にはどうでもいい。

自分の下半身すらどうでもいい。ただ耀と一緒にいられたらいい。

「まずは笛を見せてくれ」

落ちこむ橙夜をよそに、思羽と耀は順調に話を進めている。

悪魔は律儀にもしっかり白丸を探す協力をしている。本当に真面目な悪魔だ。

「これをどうするんだ」

耀が警戒しながら出した笛を、思羽はじろじろと綿密に観察する。

「この笛は白丸の恩寵で製作されている。恩寵というものは必ず痕跡を残し、それを辿れば持ち主の天使にたどり着く」

「弟は無事か?」

「笛が無事なら、笛の主も、器の主も無事だ」

「ではすぐに追おう」

「待て、恩寵の追跡には用意がいる」

すぐに立ちあがって追いかけようとする耀を思羽がとどめる。

「儀式にはそれ専用の特別な材料が必要なのだ。由緒正しく歴史がある教会由来のものを」

「それなら智葉の部屋にそれなりに揃っていると思う」

再び耀は思羽を引きずって立ちあがる。少しもじっとしていられない様子だ。

弟が、心配でたまらないのがよくわかる。

自分以外の事象に心を奪われている耀を見るのは苦しかった。でも、それ以上に心配だった。

耀の実家に移動している最中も耀は顔色をなくし、表情も硬いままだった。話しかけるのも思羽のみで、耀は凍ったみたいに前を向いたままだ。橙夜を見ようともしない。

さすがの橙夜も軽い気持ちで悪魔と契約したことを後悔していた。

壺から出てきたのはあまり邪悪な悪魔ではなさそうだったし、うまく利用できると踏んだが、結局、耀ばかりか彼の大事な弟まで巻きこんでしまった。

「ごめんね、耀。僕のせいで、耀の大事な人まで巻きこんでしまって」

小さくつぶやいてみても、耀からは反応なしだ。

謝罪を受け入れる気になれないのかそんな余裕もないのか。

橙夜は胸がつぶれそうだった。

バカなプライドなど捨てて、素直に想いを告げていれば、こんな事態にはならなかっただろうに。

橙夜が耀に、本気で怒られたのは二度目だ。

一度目も弟に関することだった。

あれは耀に弟が生まれると教えてもらった日だ。

家族の話題にはいつも暗くなる彼が、弟が生まれることを知った日は目を輝かせていた。

『俺が、弟の名前を考えるんだ。なんて名前にするか悩んでいて毎日眠いよ』

心から楽しそうな耀に、橙夜は不安に駆られた。

弟が生まれたら、耀は今までみたいに橙夜に構ってくれなくなるだろう。

パンケーキも焼いてもらえず、家にも泊めてもらえなくなる。

それどころかもう耀には、自分は必要なくなるかも。

だって本物の血のつながった弟ができるのだ。

恐怖に駆られて衝動的に、橙夜は意地悪を口走った。

『子供って流産しやすいんだよ。たとえ産まれてきても一人っ子の耀に世話なんて無理だ。赤ん坊はちょっと目を離した隙に死んでしまう。人殺しになりたいの？』

橙夜は、あんなに怒って、あんなに悲しそうな耀を初めて見た。

すぐに、ごめんなさいと謝って、許してもらったものの、ずっと後悔している。

今も耀は歳の離れた弟を溺愛している。まるで自分が腹を痛めて産んだかのように。

弟の身になにかあったら耀は立ち直れないかもしれない。

もう二度と、橙夜に心を開いてくれないかもしれない。

結局、弟が生まれたあとも、耀は変わらず橙夜を可愛がってくれたけれど、橙夜は耀にとってうそものの弟なのだと感じた。

だから橙夜は努力してきた。自分に自信のない耀は消極的ですぐに諦めてしまう。

何度引き離されても、距離を置かれても、めげずにぶつかっていったのだ。家族という繋がりがないのなら、縁が切れそうになる前に何度も補強しなければいけない。

二人きりだった頃の記憶を壊さぬよう子供っぽくふるまいもした。

橙夜は、自分が善人ではない自覚はある。耀以外のものなんてどうなってもいい。

それでも耀のためになら、いい人にもなれる。

だから、たとえもう許してもらえなくなっても、耀の愛するものは、命をかけても守ろう。

償うこともきっと、愛の証明になるだろうから。

08

耀が弟の部屋に入るのは久しぶりだった。

真夜中に乗りこんできた息子たちに驚く両親を適当にごまかして、耀は二階の突きあたりにある部屋を開ける。

一番日あたりのいい部屋を充がわれているにもかかわらず、智葉は自室に終日暗幕カーテンを引いていた。コレクションの劣化を防ぐためだ。

この部屋はまさに智葉のヴンダーカンマーだ。耀には理解の及ばない物品がひしめきあう棚の数々に、まるで弟の頭の中に踏みこんでしまったような息苦しさを覚える。

智葉にとって、オカルティックなアイテムの研究と収集こそが人生だった。

だから謎の壺を法外な値段で売り始めない限りは、どんなあやしい呪物を見かけたとしても見守るつもりだったのだが、まさか本物の悪魔や天使を引きあてってしまうとは。

「白丸の気配が残っているな」

戸棚を物色しながら思羽がささやく。

「しかし幡手智葉は慧眼(けいがん)だな。ここだけで必要物資はすべて揃えられそうだ。精油もスパイスも、聖人の骨まである」

「それは人骨まで集めているということか？」

「聖人の骨のことか？　もちろんだ。正真正銘の本物が」

「智葉、そんなものまで集めていたのか」

ぞっとしながら耀は背後で静かになっている大男に声をかけた。

「おい、お前もこいつを手伝え」

「はい」

冷たい口調で命じても、すっかりシオシオな橙夜は従順だ。

大きな身体を小さくして、もうこれ以上叱られたくないとばかりにおどおどしている。

その哀愁ただよう様子に絆(ほだ)されないよう、耀は自らを戒(いまし)めた。

橙夜にはあまり罪悪感がないようだから、叱られた意味を正確に理解できていないかもしれないが、厳しくあたらねばならない。

耀が悲壮な決意を胸に刻んでいるうちにも作業は滞りなく進み、笛の主を追跡するのに必要な準備が整っていく。

「これより追跡の魔術をおこなう」

厳かに思羽が宣言する。

彼の前には大きな黒いテーブルがあった。

天板に配置されているのは、骨や木くず、どす黒い液体が入った木製のボウルなど。手前には塩で魔法円らしき図形が描かれて、あちこちにハーブらしき枯れた葉っぱが散らかっている。

おどろおどろしくないのは助かるが、いかにもありあわせなままごと感はいなめない。

悪魔がものものしい調子で呪文らしきものをつぶやいて火をつけると、ボウルの中身がボウッと派手に火柱を上げる。

「家を焼かないでくれよ」

耀はぎょっとして声をかけたが、集中している様子の思羽に無視された。

思羽は瞼の上になにかを塗って、またごにゃごにゃ言ったあと、深く眉間に皺をきざむ。

「白丸と幡手智葉は、そう離れていない場所にいるのは確かだが、位置が特定できない」

「障害物があるのか？」

「ここまで気配を残しておいて、足跡が見えないとなると、目眩ましの結界の中にいる可能性が高い」

「場所に心あたりはあるか？」

「思いつかないが、白丸は強大な力がある。多少の結界では気配は消えない。少なくとも聖地で与えられる特別な精油と、呪われた鉄でできた檻が必要だ」

「そんな物が揃う場所なんて見当もつかないな……博物館とか？　代案はないのか？」

「思いつかない」

まさかここで行き詰まるとはと、耀は思わず眉間に皺を寄せる。

「あの」

そのとき、遠慮がちに橙夜が手をあげた。

「なんだ？」

「それならうちの倉庫にあるかも。作品のモチーフに、宗教的な骨董品を扱うケースが多いから、いろいろ集めていて」

「倉庫？　そんなのがあるなんて知らなかったぞ」

一瞥すると、橙夜は慌てて言い訳をする。

「たまたま智葉くんがフリマサイトに個性的な置物を出品しているアカウントを見つけて

さ、興味本位で買っていたらハマっちゃって。手を広げて収集を始めたから借りたんだ」

「まだ無駄遣いを……」

「仕事で使うから確定申告にも経費として計上できるやつだよ！」

そういうことじゃなくて。

いや今はそれをたしなめている場合じゃないな、と耀は思いなおす。

「じゃあ、そこに案内してくれ」

「もちろん」

橙夜はようやく役にたてたとばかりに頬をゆるめる。

耀はいつもどおりに橙夜を褒めて元気付けたくなる衝動を、奥歯をぐっと噛んでなんとかおしとどめ、ひときわ厳しい顔で頷いた。


目的地に着くと、耀はあっけにとられてしまった。

橙夜が倉庫と呼んだのは、湾岸部に聳(そび)える、トランクルームが百単位で入りそうな堂々たる建造物だった。

「ここの二階になります」

神妙な様子で橙夜が言う。

「……勝手に入っていいのか？」

「ええ、僕個人の持ち物ですので……」

カッと湧いた怒りを宥めるためにゆっくり息をはいてから、耀は続ける。

「へえ、そう……」

「もしかしてお前に金がないというのは嘘？」

今ここで問い詰めるべき案件ではないと頭で理解しつつも、耀は責めずにはいられない。

決まった家を持たず彼女の家に世話になっているというから、家賃も払えないくらいに貧乏なのだと思っていた。

日本では殆ど絵が売れないというから、売れない絵描きなのだと勝手に思いこんでいた。

海外の美術大学に進学できるくらいなので才能はあるのだろうが、世間に認められなくて、やさぐれてヒモになっているのだと勝手に想像して心を痛めていた。

貧しい割には金遣いが荒いのも、生活能力がないせいだと心配していた。貯金しろと耀が口を酸っぱくして言い聞かせても橙夜がへらへらとしていたのは、別に貯金ができないのではなく、すでに資産があるからだったのだ。

「つまりお前は充分に稼いでいる金持ちなんだな」

「まあ、そうかも」

曖昧に答える橙夜の胸ぐらを、耀は思わず掴んだ。

「性的不能が原因不明なのは嘘、彼女に追いだされたのも嘘。貧乏画家だというのも嘘。

どれだけ俺を騙せば気がすむんだ？」

「ごめん！　でもとりあえずこれでウソは全部！」

「信用できないな」

「喧嘩をするな」

「すまない」

悪魔に常識的な注意をされて、解せないながらも素直に謝る。

弟の保護を第一に考えるべき場面にもかかわらず、橙夜の新情報が飛びだしてくるたびに感情が乱れてしまう。

どうして橙夜は、こんなに愚かで回りくどく不誠実な選択をしたのだろう。

好きだとひとこと言ってくれれば、それで解決したのに。

確かに、耀のせいもあるだろう。自分の性的指向に悩んでいるあいだ、意図的に橙夜を遠ざけ、受け入れてもらえないと勝手に思いこんで心を閉ざした。

橙夜は傲慢だが、聡く繊細な子供だった。耀の拒絶を感じとって傷ついていたのは知っている。耀はそんな橙夜に気づいていながらも手を差しのべなかった。

会えなくて寂しいとぐずる橙夜を、もう大きいんだから自立しろと誤魔化して。

それでも好きでい続けてくれるのだから相当こじらせてしまったのかもしれない。

それにしても自分が好きなら女の子をとっかえひっかえして付きあわなくてもいいの

に！

　再び不満が溢れたが、自分も似たようなものだと気づいて耀は反省した。

「……弟を無事に取り戻せたら、きちんと話しあおう」

　ぐるぐると渦巻く感情を抑えこみながら、耀は絞りだすように橙夜に告げた。

「わかったよ」

　橙夜は神妙に同意する。耀は、さきほどは感情のままに怒りすぎたな、と反省しつついったん問題を脇に置いて、思羽に向き直った。

「それで、弟が中にいる可能性は？」

「高いな」

　これを、と思羽は壁を指し示す。そこには、どす黒い塗料でなにかの模様が描かれている。

「羊の血で描かれた目くらましの魔法円だ」

「羊の血で……相手は天使だろ？」

「天使というのは天界の戦士だ。血くらいは見慣れている」

「そうなのか」

　ちょっとイメージ崩れるな、と耀は思う。

「それだけ厄介な相手を、この頼りない三人でどうにかできるものなのか？」

「天使たちは強い。普通に戦えばまったく歯が立たない。だが、弱点はある」

思羽は冷静に告げながら、壁の模様に傷をつける。

すると不思議なことに、壁だと思っていた場所に扉が現れた。

なるほどこれが魔法なのかと、耀は狐につままれた心地で扉に触った。それは確かになんの変哲もない……変哲もないと表現するにはあまりに巨大で重厚な金属製の扉だ。

「天使を追うのが仕事の天使は、基本的に人間には危害を加えない。無意味な殺人はペナルティになるからな。ただし、任務を妨害する人間はその限りではない。そして、人間社会の常識に疎い。それをうまく使う」

「さすが長年天使から逃げまくっていただけある」

「私は下級悪魔ではないからな。並の人間よりは役に立つだろう」

思羽は耀の嫌味に気づかない様子で、淡々と説明を始めた。


打ちあわせを終えて忍びこんだ二階フロアは、国立博物館もかくやという絢爛(けんらん)さだった。

途方もなく天井が高く、壁面には美しいクリーム色をした大理石が使われている。

展示品は厳重に保管しているというよりも、大きさや材質別に雑に分別しているだけのようだが、飴色の木枠で組まれた立派なガラスケースで保護されている。

美しい青い壺、耀の身長くらいありそうなアメジストの原石、古い人形、繊細な装飾の施された金色の小箱。きらめく王冠、鍵つきの革張りの書籍。トーテムポール。足元にはドードー鳥の剥製（はくせい）が置かれ、天井からはクジラの骨格標本が吊り下げられている。

燿は目がチカチカとした。どれだけ稼げばこんな大層な物を個人で所有できるのか。どうして今まで橙夜を疑いもせずに貧乏だと信じられていたのか。動悸（どうき）までしてきた。

燿たちのすぐそばに、先日話しかけてきた、黒いスーツの五人組がいる。思羽の推理どおり、この建物に人間向けのトラップは一切張られておらず、こちらに気づいた様子もない。

彼らは不自然に突っ立ったまま、警備システム会社からの出張スタッフの説明を聞いている。無表情ながら律儀に耳を傾けている横顔からも、目の前のスタッフが、変装しただけの素人だとは気づいていないのだろう。

『計画はこうだ』

思羽が神妙な顔で声をひそめて説明した内容を、燿は回想する。

『人間界で白丸を封印し続けるには、数人の天使が力を注ぎ続ける必要がある。つまりこの建物から天使を排除できれば封印は解ける。だが、それゆえに、彼らは檻の近くから離れないだろう。どこかに移動させるのは力技となる』

思羽はマジックを取りだすと、ノートの切れ端に転移の魔法円を描いてみせる。

『まず幡手耀と私に対天使の目くらまし魔法をかけてこの罠を準備する。橙夜が囮になって天使らの気を逸らし、可能ならば誘導し、転移の魔法円で天使を排除する』

『それが失敗した場合の代案はあるのか？』

『失敗したときは逃げる。逃げ道はいくつか作っておこう』

『つまり成功率が低いということだな。だったらお前は橙夜と一緒に行動しろ。橙夜を囮になんて了承しかねる』

けれど橙夜は思羽に賛成した。

『耀、心配いらないよ。人間は任務の妨害目的と気づかれないうちは攻撃されない。僕はこの建物の構造に一番詳しいいし、人を騙すのも上手いから適役だ』

橙夜の自虐に、耀は反論できなかった。まさにそれは先程耀が彼に言ったことだ。

「白丸を人間界で長期監禁するのは難しい。おそらくチャンスは今夜だけだろう。天界に連行されれば智葉は助けられない」

おまけに思羽に追い打ちをかけられては、もはや従うしかなかった。

そういうわけで現在、耀は息をひそめて思羽とともに二階のフロアを移動している。

中央のクリスタルシャンデリアの真下に檻はあった。

それは三メートル前後の高さでピラミッド型をしている。

絡みあう百合と蛇が彫りこまれたアイアンの檻は重厚で、闇を吸いこんだように黒い。

檻の中で、智葉は目をきらきらさせていた。楽しい展開になってきたぞ、とばかりの満面の笑みで。

ああ。あれは完全に智葉だ。耀はほっと息を吐いた。差しあたって怪我もしていないようだ。むしろいつもよりも元気そう。

弟の無事を確認したあと、二人は罠を仕掛けるのに適切な場所を検討する。

思羽は檻の側にあったロダンの地獄の門のレプリカや高価な絨毯(じゅうたん)などを、ちょうどいいと判断したらしい。マジックで遠慮なく意味不明な図形をでかでかと書き始めた。天使を遠方へ吹き飛ばすという魔法円は、やけに単純で落書きみたいだった。

「天使がこの図形から、おおよそ二メートル程度まで近づいたらマジックで円を閉じて完成させる。すると術が発動して天使が消し飛ぶという寸法だ」

「なるほど」

今のところただのいたずら書きにしか見えないことに不安を覚えながらも耀は頷く。

幾つか予備も描いておこうと、さらに思羽は壁や絵画の裏や彫刻の土台などにも遠慮なくマジックを走らせている。

それ、油性だがあとで消えるのだろうか……？　と、小市民サイズの肝を冷やしつつ、耀は橙夜を心配していた。

思羽のプランを採用したあと、橙夜は警備会社の作業員のスーツに着替えて一度外に出た。ビルのオーナーという立場では侵入者に対して警戒の態度をとらざるを得ないので、警備会社のほうが妥当だろうという理由だ。

作業着は思羽がなにやら呪文をとなえて橙夜の衣服を変化させた。魔術というのは便利なものだ。

どうせなら、弟を助けだすのもそのゴニョゴニョした呪文でどうにかしてほしいが、魔法はそこまで万能ではないらしい。

橙夜は中継機を使った遠隔操作で入り口のドアを解錠して再入場すると、エントランスに設置している内線から五人の天使に呼びかけた。

『お宅の二階の警備システムが作動したのでお伺いしたのですが』

五人の天使は、突然スピーカー越しに呼びかけられて色めきだったが、思羽の説明どおり、意外と冷静に対応してきた。

『誤作動だろう。問題ない』

『そうですか。では機器の故障も考えられますね』

天使が橙夜の訪問に気をとられているうちに耀たちは二階への侵入を果たした。

これで充分囮の役目を果たしただろう。いつ橙夜の存在を任務妨害だと判断するかもわからない連中だ。

一刻も早く離れて待っていてほしいという耀の願いは届かなかった。

『それでは今から点検に伺いますね』

　そう言って、橙夜は強引に二階へと侵入してきた。

　そして現在、橙夜は涼しい顔で五人の天使に説明している。

「問題ないから帰ってもらえないだろうか」

「はは、それは一度確認してみませんと」

　なんとか帰らせようという天使たちに気づかないふりをして、橙夜は喋り続ける。

「誤作動でも故障でもないとしたら、侵入者の可能性があります」

「その心配はない」

「これだけ大きな建物ですよ。言い切れないでしょう」

「必要ない」

「最近、このあたりに空き巣が入ったばかりなのをご存知ないんですか。犯人はまだ捕まっていないのに」

「我々がいるから大丈夫だ」

「不法侵入者は警察にお任せすべきです。僕もせっかくここまで出勤したんですから、チェックさせてください。すぐ終わりますので」

「面倒だ」

「そう言わないでくださいよ。手ぶらで帰還して事件でもあれば、僕の職務怠慢にもなりかねません。そちらも二度手間は面倒でしょう?」

幾ら断られても絶対に自分の主張を通そうとする強引さはさすがだが、あまり天使たちを刺激しないでほしいと耀は気が気ではない。もう何でもいいから逃げてほしい。

「では早めにすませてくれ」

しかし橙夜のしつこさは天使ですら埒が明かないと悟る程度だったらしく、リーダー格らしき一人がとうとう譲歩してきた。

「ご協力ありがとうございます、作動した警報機のセンサーはこちらです」

満面の笑みで案内する橙夜のあとを、黒服の集団がぞろぞろと付いていく。

橙夜はすぐに思羽のつけた印に気が付いたようで、その前に立った。

「早くしろ」

「恐らくこの後ろにあるはずなんですが、少々お待ちください」

思羽の手信号とともに橙夜が背後に回りこんだ。同時に、思羽が天使の正面に飛びだし、彼らが叫ぶよりも先に魔法円に一本の線を書き足して完成させた。

目を焼かれそうな光が溢れ、それに押し流されるように天使が消える。

眩しさに思わず閉じた目を、恐る恐る開けると、耀の前から天使があとかたもなく消えて……いればよかったのだが、残念ながら二人取り零していた。

「お前はあの時の」

耀の顔を覚えていたらしい天使が、恐ろしい形相(ぎょうそう)で襲いかかってくる。

「耀、彼らの気を逸らしておいてくれ！」

思羽が他の魔法円を完成させようと走りだした。けれどもう一人に、あっけなく取り押さえられている。

「悪魔までいるのか！　どうなっている！」

思羽を捕まえた天使は、怒りに震える声で怒鳴る。

耀は襲いかかってきた天使を、そばにあった杖で殴り倒してから、思羽が落書き、もとい魔法円を描いていた絨毯を裏返す。

「あのマジックはどこだ？」

思羽を見れば、天使にしっかり関節を押さえこまれて役に立ちそうもなかった。

どうしようかとまごつく耀に、先程殴られた天使が復活して襲いかかってくる。耀は攻撃をぎりぎりで避けたが、腕が薄く切られて、血が滲んだ。ぎょっとして天使を見ればどこから取りだしたのか、手には銀の剣を構えている。

「魔法円が完成できれば塗料はなんでもいい！　お前の血でもいい！」

天使の拘束から抜けだそうと暴れながら思羽が叫ぶ。耀は考えるよりも先に、絨毯に傷口を擦りつけて、落書きのような図形の円を閉じた。

同時に先程と同じに光が迸る。目の前で剣を振りあげる天使が光のワイプに流されて消えていった。

残り一人と耀が振り返ると、ちょうど思羽が蹴られて転がってきているところだった。思羽に気をとられた一瞬で、耀の目の前に鬼の形相の天使が立ちはだかる。彼は古代の剣闘士が持っていそうなソードを構えている。額に青筋を浮かべて歯をむきだし、刃渡り数十センチの銀色のぎらつく光を振りかざす姿に耀が怯んだとき、目の前に影が立ちふさがった。

「耀！」

耀をかばった橙夜が、天使の持つ剣に刺し貫かれる。

「橙夜！」

耀は、くずおれる橙夜に縋るように抱きとめた。

橙夜の胸には、銀の剣が深々と刺さっていた。

とうや、と呼びかけようとしても、ショックのあまり声が出ない。

脱力した橙夜の身体は重くて、支えられずに耀はその場にへたりこんだ。

嘘だろ、橙夜。そんな、だめだ、橙夜。意地をはるんじゃなかった。叱ったあとは彼に寄り添って、ちゃんと話しあえばよかった。

そんな後悔が怒涛の勢いで押し寄せてきて、それ以外なにも考えられなくなる。

「耀、逃げろ！」

耀たちをかばう思羽に天使がさらなる攻撃をしようとしたとき、大きな爆発音が響いた。

驚いて動きを止めた天使の顔を、眩しいほどの白い足が踏みつける。

それは翼を持った人間の姿をしていた。ドレープの多い真っ白な衣装を来て、うずまく金の髪をなびかせて、まつ毛まで金色の。

天使だ！

絵に描いたようないかにもな姿だ。

「白丸？」

尋ねた耀に天使は頷いた。どうやら無事に檻から抜けだしたらしい。白丸が何か囁くと、足元のスーツの天使が霧みたいに消えた。

「……殺したのか？」

「消しただけだ」

優雅に翼を広げ、彼は思羽のもとに降りる。

「きっと来ると思っていましたよ」

「図ったのか！」

思羽は声を荒げて、天使から距離を置いた。

「私があの程度の天使にやられるわけがないでしょう？」

威嚇（いかく）する思羽に、可愛い子犬でも見るように目を細めた白丸は、次に耀のほうを向く。

「大丈夫だ、刈間橙夜を刺した剣は天使用の物だ。人間は刺されても死なない」

そうか、と耀は声にならない声で返して、いまいちど橙夜を見下ろした。

言われてみれば剣に貫かれたはずなのに橙夜の呼吸は安定していた。血も流れていない。震える手を心臓に当ててると、とくとくと健康的な鼓動が伝わってきた。

「良かった……」

耀はどっと脱力した。

「こちらに来るな白丸！」

思羽のほうはそれどころではないようだ。片手を天に向けると、屋内だというのにどこからともなく黒雲が現れて雷鳴がとどろき始める。

「今のあなたの力で、私が怯むとでもお思いですか？」

「魔術の知識はお前よりも豊富だ」

「それも数十年前でしょう」

対抗して白丸が両手を広げると、掌のあわいに青白い放電が起きる。

いまや天井に湧きあがる黒雲は大蛇のごとく渦をまき、それに襲いかかる稲妻が四方を駆け巡る。

バリバリ、ドン、と爆発とともにダイナミックに剥がれ落ちる壁、派手に弾ける彫像。

ぐらぐらと揺れる天井を、耀は呆然と見上げていた。

避難しないと危険だと頭では理解しているのだが、橙夜が刺されたショックで動けない。

無事だと言われても、剣は刺さったままだし意識もない。

「逃げないで！」

竜巻に巨大なオブジェが天井に舞いあがり、鯨の骨格が青白い炎を上げて燃える。

今や室内は異空間のように巨大になっている。

「離せ！」

思羽の叫び声が響いたと同時に、稲妻が世界を覆い、耀は衝撃に目玉が飛びでそうになって目を閉じた。


次に耀が目を開けると、雷は止んでいた。

そしてふわふわした虹色の雲の上に立っていた。

「え、これはもしかして、死んだのか？」

きょとんとしている耀の目の前を、小さな子供が駆けていく。

「待って、ちょっとそこの子……」

呼び止めようとしてその横顔に見覚えがあることに気付き、耀はぎょっとした。

子供は耀に微笑みかけると、不意に消えてしまった。

同時に、雲の上に、森らしき物がにょきりと生える。木の根本に青年が座っている。彼も耀のよく知る顔をしていた。

「橙夜」

青年は、十代後半のころの橙夜そっくりだった。

「ここは刈間橙夜の夢の世界だ」

「ヒッ」

背後から声をかけられて、耀は思わず悲鳴を上げる。いつのまにか天使がいた。

「白丸？」

「そうだ」

いかにもな天使の格好の白丸は、無表情に首肯した。

「我々は今、刈間橙夜の精神世界に侵入している。ここに思羽が逃げたので私は彼を追う」

「橙夜の心のなかに入りこんでいるって？　橙夜は大丈夫なのか？　怪我は？」

「刈間橙夜に肉体的な損傷はない。剣を抜けば傷は塞がる。我々が彼の精神世界に存在しているのも問題はない。もちろん、長居するべき場所ではないが。ここにある物を傷つけると、苅間橙夜の精神も傷ついてしまう。慎重に行動しろ」

「わ、わかった……が、俺まで橙夜の心に入ったのは何故だ？　何か手伝えばいいのか？」

橙夜の精神を傷つけないよう、思わずつま先立ちになりながら耀は尋ねる。

「これから君は橙夜の精神の治療を行え。天使の剣は人間を殺しはしないが、精神をばらばらにする。それを元に戻さないとならない」

「治療？　俺は医者じゃないぞ」

精神がばらばらとはおおごとではないのか？　耀は心配と困惑で悲鳴みたいな声で訴えた。だが白丸は動じない。先程思羽を前にして浮かべた笑顔が幻だったのではないかと疑うくらいにいつもの無表情だ。

「医療の知識は必要ない。お前が刈間橙夜の意識の根本を見つけさえすれば良い」

「簡単に言ってくれるが、根本ってなんだ……？」

「誰だお前！」

おもむろに恫喝（どうかつ）するような声が聞こえてびっくりして振り返ると、恐ろしい顔をした橙夜が白丸を睨みつけている。

手には鉈（なた）のような物が握られており、殺意がすごい。

「落ち着け、彼は門番だ。耀、自己紹介を」

「俺は、幡手耀だ。君の幼馴染」

「……耀」

ほっとした顔で、橙夜は消えていった。

ぽかんとしている耀に、なにごともなかったように白丸が先程の会話を続ける。

「意識の根本は刈間橙夜の一番大事な想いでできている。きっと君にも関係ある。それを見つければいい。刈間橙夜の心には君しか触れられない。だから君がやれ」

早口でそれだけを言い終えると白丸は翼を広げてさっさと消えてしまった。

「大事な想いってなに……」

取り残された耀は、しばらくぽつんと佇んでいた。あまりに非現実的な状況が続くものだから、心の整理がつかなかったせいだ。感情もぐちゃぐちゃで、もうここで丸まって寝てしまいたいくらいだ。

途方に暮れていると、目の前に、さきほどの子供が戻ってきた。

「あなた誰？　かわいいね」

「……」

それはおそらく、四歳くらいの橙夜だ。そして耀は三十歳を過ぎている。

さすがに可愛いはない。

「君のほうが可愛いよ」

「名前教えてよ」

褒めたのに、橙夜は全然話を聞かずに手を握ってくる。ふかふかしていて小さくて、とても可愛い手だ。

「ぼくは橙夜」

しっかり握ってくる握力は意外と強くて、血が止まりそうでむずむずする。

「耀だ」

「へえ、耀っていうの」

そう言って、花がほころぶような笑顔を見せた。

見惚(みほ)れていると橙夜が散歩に誘う子犬みたいに顔を覗きこんでくる。

「僕が大人になったら、僕のお嫁さんになる？」

びっくりして目を丸くしている耀の前で、バラ色の頬を染めて期待に目を輝かせる子供はふわりと消えた。

「なんだあのガキ、生意気だな」

かわりに現れたのは、一六歳くらいの橙夜だ。

「お前だって俺から見たらガキだよ」

自分に嫉妬している橙夜が面白くて思わず耀は笑顔になる。

少年の橙夜は不本意そうに顔をゆがませた。

「そんなこと言っていられるのは今のうちだからな。僕は耀よりも大きくなるんだから」

「知っているさ。でもどんなに大きくなってもお前は可愛い」

答えると、悔しそうに歯噛みする。

「耀にはずっと、勝てない気がするな」

そういえば、一六歳の橙夜を、耀はあまり覚えていない。

耀は大学進学と同時に一人暮らしを始め、ほとんど実家に帰っていなかった。

「お前に、二十歳の俺はどう見えている?」

つい、興味をひかれて尋ねる。

「先に大人になって、ずるいと思う」

「仕方ない、実際年上だ」

「もう車まで持っていて酒も呑めて、俺の知らない人とばかり会っている」

「ごめんな」

返すと、彼は小さくかぶりを振った。謝らないで、と言っているみたいだった。

「でも、寂しいよ」

耀は彼を見つめる。これは橙夜の大事な想いなのだろうか?

ただ寂しがっているだけの心に思える。

じっと見ていると、彼はふわりと消えていった。


「今日は一緒に寝てくれないの?」

次に現れたのは、悔しそうな少年時代の橙夜。両手をぎゅっと握って床を睨んでいる。

この姿は、耀にも覚えがあった。

智葉が耀と寝たいと頼んできたから、お泊りにきた橙夜を家に帰したのだった。

三人一緒に寝ればよかったが、耀は橙夜が智葉に吐いた暴言を忘れられなかった。

嫉妬にかられて思わず口をついた本音でない台詞とわかっていても、付きあいが長くなるにつれ橙夜がときおり見せる、他人に対する冷たさに気づくようになると、智葉も危害を加えられるのではないかと怖くなった。

「弟ができたから、僕はいらなくなったの？」

目の前の橙夜は、耀の記憶と違う台詞を言った。

あの日、彼は悲しそうにしつつも、またあした、とおとなしく帰ったのに。

「そんなわけ、ないだろう」

どきりとして、耀は返す。

本当は、あのころ、耀は歳の離れた弟に夢中だった。

身体が弱くて病気がちで、ちょっとでも目を離すと死んでしまいそうなのに、いつも機嫌が良くてにこにこしていて、そんな姿に、可愛くて可哀想で、胸がつぶれそうになった。

すべてのものから守ってやろうと思っていた。それがたとえ、大好きな橙夜であっても。

「お前をいらないなんて、思ったことは一度もない」

彼の性質を危ぶんだことはあっても、それだけは事実だ。

「でも、智葉が大事でしょう」

「智葉はまだ幼いから、優先してやらないと」

「僕だってまだ子供だ」

橙夜はじだんだを踏む。

「耀、僕を、一番好きでいて」

「橙夜」

ああそうだ、あのころ橙夜だって、まだ中学生だった。

こちらの都合で勝手に態度を変えられて、どれほど傷ついただろう。

「もちろんだ、お前が一番だから」

抱きしめようとしたとき、子供は消えた。

かわりに、大きな橙夜が現れる。

「どうかな、この姿」

いつも自信満々な彼には珍しく、内気そうにはにかんで、耀に尋ねてくる。

「どうって、格好いいよ。お前はいつも自分に似合う服を着ているね」

耀がそう答えると、橙夜は、ちがうちがうとかぶりをふる。

「服じゃないよ、この姿、僕自身だ」

そう言って、くるりとまわってみせる。

「いいんじゃないかな、背が高くて、体格がよくて、ハンサムだ」

「そういうことじゃなくて」

もどかしそうにくちごもる。

「耀にとって、どうかって話をしてほしい。好きだとか嫌いだとか」

「ふふ。どんな姿でもお前は橙夜だろう」

思わず答えをはぐらかしてしまう。橙夜の服装に見覚えがあった。

耀が彼への恋心を自覚した、留学から帰ってきたときの姿だ。

「あんまり立派になっていたから驚いたが、お前だとすぐにわかったよ」

「それだけ？　そんなありきたりの感想しかなかったの？」

しょぼん、と俯いて、橙夜はため息をつく。

「僕の背がのびて、立派な大人になれば、耀の態度は変わると期待していたんだ。けれどいつもどおりだった。がっかりしたよ」

耀は驚いた。橙夜は耀が態度を変えなかったことに失望したらしい。

「変わってほしかったのか？」

いまだに子供のころと同じ扱いをしてしまっているのは失礼だっただろうか。

「僕はさ、すごく頑張ったんだ。毎日絵を描いて、身体を鍛えて、英語もドイツ語も習得した」

「お前は努力家だからな」

「展覧会の絵は全部売れて、お金も持っている。女の子にもモテるよ」

「でもお前は、それを隠していたよな」

ほのぼの聞いていたが、そういえば俺はこいつに騙されていたのだと思いだして、思わず口調が冷たくなる。

「ごめんなさい」

橙夜はしょんぼりして謝る。

「でも耀は、子供のころとおなじ、甘えん坊で頼りない僕のほうが好きみたいだったから」

「……」

俺のせいだというのか？

そのとおりなのかもしれない。

帰国した橙夜が立派な姿になったのを見て、耀は見惚れると同時に不安になった。

もう橙夜は俺の手の届かない存在になってしまったのではないかと。

寂しくなった。

きっと橙夜はそれを察してしまったのだろう。

無神経なのに、耀の感じる寂しさに、みょうに敏いから。

「俺のために、子供っぽいふりをしたっていうのか？」

「他に誰のためにそんな恥ずかしい真似をするっていうの？」

橙夜は呆れた様子で反論する。

「俺のために、あんなにたくさんの女の子のあいだを、渡り歩いたのか？」

「それは、寂しかったから。耀が手に入らなくて」

　悪びれず、橙夜は耀をまっすぐ見て訴える。

「僕から誘った子は一人もいないよ。手を上げたこともない。ただ長続きさせたくなかったから毎月別れた。僕には耀がいるから」

「俺がいるなら」

　思わず、耀は訴える。

「どうして俺だけにしないんだ？」

「どうしてって？」

　理解できないとばかりに橙夜が目をすがめる。

「さっき言っただろう？　耀は五歳の男の子とは恋愛しない。しかも大人の僕より子供の僕が好き……どうしてそれで、僕の想いが届くと思えるの？」

「……」

　責められるとなにも言えなくなる。

　耀にもその気持ちは痛いくらいにわかる。

　女好きの橙夜に、自分の気持ちは受け入れてもらえないと、はなから諦めていた。

「僕は子供のころから、耀に好きだと繰り返し伝えていたよ。初めて出会った日から僕はずっと、耀と恋人になりたかったから」

「そうだったのか、橙夜」

「全然本気に受け止めてくれなかったのは、耀のほうだ」

訴えているうちに、橙夜の姿はどんどん幼く小さくなっていく。

「僕は変わらなかった。それなのに耀は、弟にうつつを抜かして、同じ年代の人とばかり遊ぶようになって、変わっていった。そうやって僕を放っておいたくせに。それなのに、どうして僕のせいだっていうの？」

小さな橙夜が涙を流す。

「僕はもう、いらなくなった？」

「そんなわけない」

驚いて、耀は言い返す。

「俺は、お前になにをされても、お前が好きだよ」

口にして、まさにそうだと自覚する。

嘘をつかれて騙されて腹が立って悲しかった。それでも橙夜への愛は消えない。

出会ったころに芽生えた橙夜への好意は耀とともに成長し、歳を取った。

見返りを求めるようになってしまったのだ。

赤子や愛玩動物相手みたいに、ただ無償の愛を注ぐばかりではなく、好きだと言えば好きだと返してくれる唇が欲しくなった。愛情を持って耀に優しく触れて、特別大事に抱きしめてくれる腕が欲しくなった。

でも、大人になると、それを相手に求めるのが、どれほど難しいかも、同時に学んだ。

耀は臆病になって踏みだせなくなった。だからただ、子供のころと同じ、与えるだけの愛に甘んじた。

その間、想いはずっと、くすぶったままだった。

本当は愛されたいのだと。放っておかれたくなどないのだと、いつも訴えてくる。

「嫌うわけはない」

耀は、繰り返す。

「だって、こんなにも好きなのに」

そう言って、手を伸ばし、目を見開いている橙夜を抱きしめた。

まだ小さくて、柔らかい、五歳のころの橙夜。あのころの彼は愛されるのが当然だと絶対的な自信がありそうに見えていたけれど。

本当は橙夜だって、不安でいっぱいだったのかもしれない。

「目が覚めたら、本当の橙夜を見せてほしい、俺をちゃんと口説いてほしい」

「……わかった」

いつのまにか橙夜は大人の姿に戻っている。

「好きだよ、耀」

彼が手を握ってくる。強く熱い手。

これが橙夜の根本だと耀は感じる。彼の一番大事な心。

胸が熱くなり、涙が出そうになるのをぐっと堪えて笑顔をつくる。

「家に帰ろう」

橙夜がぎこちなく頷くと、ちょうど向こうで悲鳴が上がった。

見れば悪魔が押し倒されて、元天使にフェラされている。

「おい、僕のなかでそんな下品な行為をするな！」

橙夜が怒っている。確かにそれはそうだろう。

それでも止めに入れなかったのは白丸のフェラチオがあまりにも神がかっていたからだ。

ある程度、フェラには慣れているつもりだったが。と、耀は感心する。あんなのはちょっと俺でも無理だなあ。やられたら廃人になりそう。

悪魔もまた、ひとたまりもなかったらしい。

あっという間にイってしまったらしく、びくびくと痙攣（けいれん）して、同時に白丸がぱちんと指を鳴らすと耀たちは目が覚めた。

「かつて私と思羽は天界で、星を管理する仕事についていた」

耀の部屋に戻ったあと、どこか晴れ晴れした様子で語る白丸は、鳥の姿の思羽をしっかり抱きかかえている。

「思羽は私よりも先に作られた天使だが、星見の部署では私が彼の指導役だった。思羽は華々しい戦果を残した英雄だったが、戦いに明け暮れる生活に倦み、部署を移動したばかりで、そこでは新人扱いだった」

途方もない話を、橙夜は半目で聞いている。

正直、耀との関係が危機的状況なので、他人の馴れ初めなど聞く気分ではない。

しかし若気の至りで命名権を買った星が思羽の作だと知っているので無視もできず、ただただ、マイシャイニングスター耀の話題が出る前に、白丸が思羽をどこかにつれて行ってくれることを願うばかりだ。

「思羽は星作りの才は無く、彼のこねた土塊は幾ら星雲の寝床に浮かべても、ほとんどは星の形をなす以前に崩れて消えてしまった」

捉えられている思羽はといえば、全身の羽毛をしゅっと細くして目を閉じている。

私はここにはいません、といったふうに固く噤んだくちばしを胸毛のなかに深く埋め、

09

沈黙を以て抗議となしているようだが、思い出に浸る白丸にはまるで効果がなさそうだ。

「それでも思羽は美しい星を育てようと、誰よりも熱心に祈るように働いていた。そのようすを私は長い時間、間近で見守ってきた」

「天使にとっての長い期間とは、想像するだけで気が遠くなるな」

「まったくだ、一般的には最初の星が命を終えればそこでようやく交代だ」

耀は白丸の話に真剣に耳を傾けている。橙夜のほうはまったく見てくれない。

いつもなら映画に夢中なときすら、定期的に橙夜が退屈していないか気遣ってくれるのだから、これはかなり怒っているのでは、と橙夜はおののく。

天使たちと対峙したとき、橙夜は耀をかばって天使の剣で刺し貫かれて気を失った。そして目覚めるまでの間に、夢を視た。

詳細は覚えていないが、そこに耀がやってきて仲直りした気がするのだが、目覚めたあともいまだにこの調子となれば記憶違いかもしれない。

橙夜としては早く耀の機嫌を伺いたいが、こんなに怒らせたとなると簡単に解決するとも思えず途方に暮れるし、白丸の話はまだ続いている。

「私は天界が乱世の時代に作られ、思羽の英雄譚を子守唄に育った。赴任先で思羽に会えたときには、幸運なめぐりあわせに胸が震えたものだ。思羽が幾ら星作りが下手でも気持ちは変わらなかった」

白丸はそう言って、思羽の羽をそっと撫でる。

思羽は相変わらず出来の悪い剥製に擬態している。

ふと橙夜は、人間の手の素晴らしさは、相手に心地良い加減に撫でる性能があるところだと耳にしたことを思いだす。それほど白丸の手付きは優しくて思いやりに溢れていた。

白丸はおそらく、思羽と違って、美しい星を沢山生みだせたのだろう。彼はいかにも器用そうで、創作者としての霊感も鋭そうだ。

フェラチオもすごかったし。

そういえば、白丸のあのフェラも自分の夢だったのか？

いや、あんなアクロバティックなフェラチオ、自分ではとうてい思いつかないと思う。ではやはり、あれはただの夢ではなく、耀は自分を許してくれたのでは？

「ある日思羽は、私に、『我々の戦いによって破壊された星のかわりに、新しい星を生みだせれば、多少なりとも気持ちが慰められるかと思ったが、壊れた物は二度と元に戻らないのだな』と打ち明けた。それが天使の思羽と交わした最後の会話となった」

そわつく橙夜をよそに、白丸の回想はいまだに続いている。

「そのあと思羽は、星づくりの長老天使に相談をもちかけ、星が輝かないのは愛の炎がたりないせいだと言われたらしい。そして真面目な思羽は己の愛を探すために堕天した」

はー、と白丸が大きなため息をつくと、思羽の後頭部の白い毛がぼさぼさと逆立った。

「思羽と再会したとき、私は主天使の命をうけ人間界と天界を行き来していた。堕天した思羽の捕縛指揮をとったのは私の上司だ。堕天により恩寵を失った思羽にかつての力はなく、容易く捕まった。私は天界の牢獄で彼を監視する役を命じられた」

「思羽の素晴らしい姿が天界のアカビタイムジオウムの器に閉じこめられても、私の彼への尊敬は変わらなかった。やがて私は己の思羽への気持ちは愛だと気づいた。天使に許される愛は、あまねくものに平等に注ぐ博愛のみ。特定の相手に執着を抱えるものは天使の規則に抵触する。それでも私は、思羽への愛を殺さなかった。思羽が堕天してまで求めた愛を、己が持っていると気づいたのだ。しかも思羽に渡すための愛だ。もし思羽がそれを受け取って、天界に戻ってくれれば、私の愛で美しい星を作ってくれると思った」

天使の愛というのはずいぶん傲慢だなと橙夜は思った。そして純粋で一途だ。白丸の感情は光に満ちて濁りひとつない。そんな気持ちを、途方もない時間持ち続けているのだとしたら狂気じみたものすら感じる。

「思羽は私の告白を聞いてすぐに、脱獄した。私は失望しなかった。思羽は、いつでも檻から逃げだせたのだと気づいたからだ。彼が逃げださず私のもとに留まってくれていたのは何故なのか。思羽の本心が聞きたくて、私は天界の帰還命令を無視して、彼を追った」

「見たところ、思羽はその理由を答える気がなさそうだけど」

橙夜が言うと、白丸が、仄かに頬をゆるめた。

「かまわない。幸い我々には、時間がたっぷりあるからな、ずっと待つつもりだ」

無表情なはずの白丸の顔は、まるで微笑んでいるようだった。

思羽にようやく触れられて、幸せなのだろう。

思羽は迷惑そうだけれど、なんとなく、もう、逃げだす気はなさそうに見えた。

なんだかんだで良い雰囲気出しているな、と橙夜は羨ましくなった。自分は耀と目も合わせてもらえない状況だっていうのに。

「それにしてもアンタすげえフェラするのなッ、ウッ！」

思わず出た橙夜の軽口に、すかさず耀の肘がみぞおちに入った。

「うう、酷い、耀」

「急にはしたないことを言うな」

びっくりするだろう、と続ける目がなんだか冷たい。

先日僕をひっぱたいたときから暴力スイッチが入ったままなのか？

うっかり白丸と一緒にめでたい気分になってフェラがどうとか茶化している場合ではなかった。

「地上を担当する天使には口淫の試験がある」

「口淫のしけん」

反省する橙夜をよそに、真面目な白丸はきちんと答える。

耀はなにそれ、と目を丸くしている。シモネタ発言をした橙夜のことは怒ったくせに、自分は興味津々(しんしん)といったふうだ。

夢に出てきた耀は、優しく橙夜の訴えを受け入れてくれた気がしたのだが、だとしたら現実のこの冷たい態度は何故なんだ。

「地上の任務にあたる天使は、聖人となるべき人間が現れたさい、神のもとに導く日まで、対象の純血を守る責務を負う。そのため口淫は必要不可欠な技術だ」

「理屈が全然わからないのだが」

耀が困惑する。それに関しては橙夜も同じ意見だ。

「聖人となる人物は多くの人間を惹きつけ、多くの誘惑を受ける。彼らがもし己の運命に反抗し、不貞を働こうとした場合、我々は迅速に彼らに介在し誘惑者へ口淫を施し精気を搾り取る」

「え、最悪だな」

「なぜ」

「ヴァージンを守るなんて仕事気持ち悪いだろう？　割りこんで口淫するとかもう聞いただけで耳ごと全部洗い流したいくらいに最悪だが」

容赦ない耀の拒絶も天使には届かない様子で、不思議そうに首を傾げる。

「天使の口淫というのは人間には素晴らしい快感だ。一生忘れられなくなるものもいる。

良い経験をさせてやっている」

「そういう問題じゃない」

「退魔用のテクニックもある。快感を知る生き物はなべて性的誘惑に弱い」

「なるほど悪魔もエロには勝てないってわけか」

納得すると、耀がちらりと睨んできたので、橙夜は思わず肩をびくりと跳ねさせる。

もしかしたら耀は、橙夜がシモネタを発するたびに、無断で夢のなかに忍びこまれていやらしいプレイをされたことを思いだして腹を立てているのかもしれない。

確かに、セクハラをした相手が目の前でふざけた調子で下品な発言をしていたら、機嫌も悪くなるだろう。夢のなかで橙夜を許した判断も、間違いだったと後悔しているのかも。

橙夜はそれ以上耀の神経を逆撫でしないよう、できるだけ背中を丸めて小さくなった。

「我々は彼らを哀れに思う。天使の肉体は完璧で、快感に狂わされない」

「ならば君らは、性的な行為に興味すら持たないのか」

「ない」

耀の質問に、白丸は即答したものの、違和感があったのか、首を傾げて考え直し、言い直した。

「いや、興味はある。正直に言えば」

白丸の腕の仲で、思羽がぴくりと動いた。それでも抵抗する気はないようだった。

そんなにあのフェラが良かったのかな、と橙夜は思った。

確かにあれは壮絶だった。思羽がいつから悪魔なのかは知らないが、人を惑わし慣れた悪魔でも、さすがにあんな人外的な超絶技巧には陥落だろう。

しかも白丸のそれはおそらく、星が消えてしまうほどの時間、温め続けた想いが籠(こも)っているだろうから、敵うわけがない。

「そうか……で、これからどうするんだ。お前ら、追われているんだろう？」

白丸と思羽のまわりに漂い始めた、みょうにくすぐったい空気がいたたまれない、といったふうに耀がもぞもぞとみじろいでいる。橙夜も同感だ。さっさとどこかに消えてほしい。

「私はそろそろ休暇を終える父を迎えに行くので、思羽も同行させて、慈悲を乞う予定だ」

「え、白丸は堕天してないの？　だから天使に追われていたんだろ？」

「堕天した記憶はない」

心外、とばかりに白丸は顔をしかめた。

「上司から、意に染まぬ帰還命令を受け拒否したせいで追われただけだ、その程度で堕天はしない。しかも私を五人がかりで強制送還させようとは、パワーハラスメントに該当する。それも父に直訴するつもりだ」

「へえ、天界も大変だな」

「まあ、これが終われば私も少し、ゆっくりするつもりだ」

そう言って白丸が白い翼を広げると、周囲に美しい光が満ちて、神々しいばかりだ。

これがさっきまでフェラテクを自慢していたストーカーかと思うと複雑だが。

「ああ、思羽との契約は彼が契約を破った形になるから、無効だな」

それだけ言い残して、白丸は思羽とともに消えていった。

「……」

橙夜は耀と顔を見合わせた。急に二人きりにされて間が持たない。

「……とりあえず、一件落着？　ってことでいいのかな？」

耀との関係はまったく落着していないが、橙夜は無理に口角を上げて耀の機嫌を伺う。

「らしいな、どうにも実感が湧かないが」

耀は目を逸らして咳払いした。返事をしてくれるだけまだましだな、と橙夜は思う。

「つまり……これで、僕の不能も治ったのかな」

「それは良かった」

「確かめようがないけども」

「そうだな」

耀の返事は素っ気なく会話が続かない。橙夜としても、不用意な発言で再び耀の機嫌を急降下させる危険は避けたくて、黙ってしまう。

「とりあえず智葉を届けてこよう」

　耀は立ちあがると、智葉を背中におぶった。

「僕がおぶろうか」

「お前は怪我が治ったばかりだろ、先に帰って安静にしていろ」

「傷口は完全に塞がっているから痛みもないよ。そもそも僕の家はないんだけど……」

「ホテルにでも泊まればいいだろ。金があるんだから」

　耀はそっけない。自分を遠ざけようとしているようで、橙夜は焦って食い下がる。

「ホテルじゃ落ち着けない。幾らいい部屋でも枕が変わると眠れない」

「俺の部屋でもぐっすり寝ていただろ……ああ、最近はそうでもなかったようだが」

　耀はいちいちちくちくと嫌味をまぜてくる。が、橙夜はめげずに返した。

「耀の部屋が僕の家だ」

「……」

　不信感ですがめられた耀の目が、少しだけ見開かれる。

「今夜、耀の家に泊めてよ」

　今は押す時だと判断して、ダメ元でねだってみる。

「僕が安心して寝られるのは、耀の側だけだよ」

「……調子がいいな、お前。自分のせいで居場所がなくなったっていうのに」

「……おっしゃるとおりですが、でも僕には耀しかいない」

都合のいい発言だと思う。殴られる覚悟をしたが、耀はちょっと肩をすくめただけだった。

「仕方ないな」

「……え？」

「お前を路頭に迷わせるわけにはいかないからな」

くるりと踵を返して、肩越しに顎をしゃくる。

「かわりに家まで運転してくれ」

「……もちろん！」

勢いこんで駆けよる橙夜に、口角を上げる耀はなかなか格好がよかった。


飛ばされた天使五人は東京タワーのてっぺんに現れたらしく、どのテレビ局でも夜のニュースに取りあげられていた。

宇宙人？　ゲリラパフォーマー？　新作映画のプロモーション？

すぐに鳩に変身して飛び立っていったらしいが、正体について様々な憶測が飛びかっている。

あれだけ有名になったら、天使もしばらくは自由に動き回れないだろう。

橙夜はこたつに埋まりながら、テレビのニュースをぼんやり眺めていた。

実家に智葉を届けたころには夜が明け始めていた。

耀は帰宅後シャワーを浴びると、慌ただしく学校に出勤していった。

耀を見送ったあと、橙夜も一風呂浴びたが、すぐに手持ち無沙汰になりタイマーで起動した掃除ロボットに追いだされるように家を出た。

やることは多い。まずは警察に連絡して被害届を出さないとならない。

アトリエの被害は甚大だが、面倒な状況だ。収集品は価値が不明な物も多く、破損の原因はおそらく解明できないだろう。保険が下りる気がしない。

しかも現場検証のときに自分が現場にいたとばれれば説明が必要になる。

あんなのどうやって説明するんだ。

すごい面倒。いっそ全部ほっぽりだして更地にしてしまおうかな。

そうしたらしばらくは正真正銘の宿なし金なしだし、耀はざまあみろと喜ぶかもしれない。

絵を描ける精神状態でもないし、気分が乗るまでは、耀のヒモ……もとい、家政夫でもやらせてもらえないだろうか。

簡単な料理ならできるかな、と近所のスーパーの店内を物色したものの、全然興味をそそられず、目に入った大きな梨に、そういえば梨は耀の好物だと思い、一かご買って帰って二十分で寝落ちした。

そして、耀の帰ってきた物音で目を覚ました次第だ。

久方ぶりのまともな睡眠で思考のデバッグができたのか、すっきりした目覚めだった。

そして橙夜はアトリエの損害などよりも大きな問題に気づいた。

耀への隠し事や、悪魔の力でやらかした所業についてどう謝ればいいのかだ。

夢の中で耀に許してもらったとしてもそれは現実ではないし、おそらく自分は謝罪していない。

今までまともに謝罪をした経験がないのだから。

絶対悪くないと居直るか、またはごめんね一つで許してもらうかだった。喧嘩しつつも相談に乗ってくれていた思羽も今はいない。

困った事態になったと、橙夜は人生で一番背中がじっとり冷たくなった。

解決案が思い浮かばぬままに時間は無情に過ぎていき、とうとう耀が部屋に帰ってきた。

「ただいま、橙夜、なにごともなかったか？」

迎えに出た橙夜に対する、耀の態度はいつもどおりだった。

不自然なくらい、橙夜の嘘がばれる前と変わらなかった。

「今日は料理を作る気力がないから惣菜を買ってきたよ。ここのスーパーの煮物おいしいんだ。あと、ずっと気になっていた冷凍ぎょうざも買ってみた。それでいいか」

「もちろん。言ってくれたら僕がなにか買いに行ったのに」

「いいんだ。俺はスーパーで買い物するのが好きだからな」

「僕もスーパー行って梨買ってきたんだ」

「それはすごいな、あとで剥いてやるよ」

そう言いながら、シンクに買ってきた物を並べて、にこりとする。

それはきっと、橙夜は謝らなくても構わないという、耀の無言の許容なのだろう。

けれど、これに甘えてはいけないことくらいは、橙夜も理解できる。

もしこのまま謝らなくても、耀は今までと同じように接してくれるだろう。

そしてもう二度と、心を開いて本心を打ち明けてくれることはないだろう。

それはわかっているんだが、どうやって謝ればいい？

悩んでいるうちに夕食も食べ終えてしまった。デザートの梨をかじりつつ、橙夜は耀を盗み見る。

食洗機に皿を任せると、耀はリビングのソファに腰掛けて、テレビ番組を見始めた。

ダイニングチェアに座ったままの橙夜からは背中しか見えない位置だ。

やわらかそうにうねる髪から、形のいい耳がのぞいている。優しい頬のラインの終わりに、くるりとカールした長いまつげ。

どれも橙夜の大好きなパーツだ。

耀は動かない。テレビに夢中なふりをして、きっと橙夜の言葉を待ってくれているのだ。

テレビの音が遠くなる。世界に、耀と自分だけしかいない錯覚に陥る。

「ねえ、耀」

ついに勇気を出して、橙夜は口を開いた。

「んん？」

耀は返事をしたものの、視線は手に取った蜜柑（みかん）に置かれたままだ。

「ええと……」

早生（わせ）の青みがかった小さな果実が、耀の手の中で軽く揉まれる。

揉んだほうが甘くなるんだと耀が言っていた。なんでも攻撃されたと思って甘い成分を出すのだとか……それにしてもそんな優しく丁寧に撫で回すように揉まれているのを見ていると、なんとなく股間がもぞもぞしてくる。

「夢の内容、覚えている？」

「夢？　どの夢だ？」

耀はおもむろに蜜柑をまっぷたつに割って、乱暴に皮を剥いて歯を立てた。橙夜はヒュンときて背筋を伸ばす。

「ここ最近の。僕がここに来てからの、ほとんど毎晩の夢」

「ああ」

残りの蜜柑を一口で食べ終えると、耀は橙夜を一瞥する。

「もちろんだ」

軽蔑しているみたいに冷たい目つきだった。

そういう顔をされると、耀は美形なのだなと気づかされる。

いつもにこにこして、品のいいおじいちゃんみたいな格好をしているからあまり意識しないけれど。憂いを帯びた黒い目に紗をかける長いまつ毛と、通った鼻筋、肉感的な唇と小粒の前歯のバランスは、どきりとするほど絵になった。

「嫌な夢だった？」

「……嫌だった、と言えば、どうするつもりなんだ、お前」

「謝ろうかと」

「謝って済むことか？　お前俺の夢に勝手に入りこんだんだよな」

「ごめんなさい」

「だから謝ってすむものじゃ……」

はー、と深く息を吐いて、耀は眉間を揉む。

橙夜は冷や汗をかいて、皿の中の、他人事みたいに真っ白で瑞々しい梨を眺める。一番立派なのを選んだつもりなのに、全然味がわからないし、耀は口をつけてもくれない。梨は耀の好物で喜んでもらえると思ったのに。

「橙夜」

　やがて耀に名を呼ばれて、橙夜は、はい、とかしこまる。

「……嫌じゃなかったら、どうするつもりなんだ？」

「え？」

　また叱られると覚悟していたのに、彼の口調はやわらかなものだった。

　意外に思えて橙夜は目をしばたたかせた。

「だから、俺が、嫌じゃなかったと言えば、どうするつもりだったんだ？」

　ものわかりの悪い生徒に根気強く語りかけるように、耀は繰り返す。

「それは……」

　橙夜はもじもじして目を泳がせた。

　正直、怒られても殴られてもひたすら謝って土下座してでも謝り倒して、粘り勝ちで許してもらう流れしか想定していなかった。

　肋骨の一、二本は覚悟していたが、耀を納得させられる言葉は橙夜のなかにストックがない。

「嫌じゃなければ、ちゃんと現実でお付きあいしたいと思っていた」

　だから素直に答えるしかなかった。

「身体から攻略していって、やがて僕を耀の恋人にしてもらえないかと期待していた」

そんなシチュエーションではないが、勢いで告白もしておく。

「恋人にして、なにをするつもりなんだ？」

すかさず突っこまれる。

なに、ってナニです……とはさすがに言えず、橙夜はちらりと耀の表情を窺った。

彼は目を据わらせて、ふたつの蜜柑を手の中で弄んでいる。

気にいらないことを言ったら蜜柑を握りつぶしてその汁を僕の目に流しこむつもりかも。

最悪直接金玉を握りつぶされるかもしれない。

もぞもぞと椅子の上で正座しつつ、橙夜は自分なりに必死にへりくだって答えた。

「いちゃいちゃしたい。友人でも兄弟でもなくて、普通の恋人みたいにデートしたりして」

「普通の恋人がなにをするのか知っているのか？　お前が夢で俺にした数々の無体を考える限りは、駄目な気がするが」

「そんなことはないよ！」

図星なのだが、橙夜は勢いで否定した。

「疑うんだったら、こんどの土曜日にデートのプランを立てるから、付きあってみてよ」

「へえ、どんなプランなんだ？」

試すように耀が言う。

「耀の好きなことぜんぶ詰めこんだ一日を作って、僕が耀をもてなすよ」

「ほう、そうか。お前は俺の好きな物を知っているのか？」

「……梨が好きだと言っていたのは覚えている」

「それ以外は？」

「……」

痛い沈黙が続き、橙夜は背中を伝わる冷たい汗にぶるりと震える。

やがて耀がため息をついた。

「別に、俺はお前に、謝ってほしいわけじゃない」

疲れた口調に、橙夜の、なけなしの罪悪感がちくりと痛む。

「お前がこんなふうに、気持ちひとつ告白すれば済むことに、悪魔の手を借りるなんて最悪にまわりくどい手段を取ったのが何故か、俺は理解できないわけじゃない。俺にだって責任があると思う」

「耀は悪くないよ」

咄嗟のフォローに、耀は決然とかぶりをふる。

「こんな気まずい雰囲気で過ごしたいわけでもないんだ」

それから彼は痛みを堪えているように目を伏せた。

「お前が天使の剣に刺されたとき、どうして喧嘩なんかしているんだろうと後悔したよ。無事だと聞いて、がらにもなく世界に感謝し。目が覚めたらすぐに謝ろうと思った」

「耀が謝る必要はないだろ」

「お前を、俺は一方的に責めただろう。お前の言い分もろくに聞かず」

「僕がちゃんと説明しても、耀は怒ったと思う」

「橙夜、おいで」

手招かれて橙夜は、おずおずと耀の側に行った。

「ここに座って」

指示されて、彼の隣に腰掛ける。

彼の纏う、品の良いトワレの香りがふわりと漂った。

「俺たちは、もっと話しあうべきだ。もっとお互いを知っていれば、お前だって、俺にあんなに嘘を付く必要なんかなかった」

懺悔するみたいに耀が告白してくるから、橙夜は申し訳なくなった。そして歯がゆくなった。嘘を付いて騙したのはこちらなのに、何故彼は自分を責めているのだろう。

「なんで耀が反省するんだ。耀は僕の保護者じゃない。僕が勝手にやらかしたヘマを、自分の責任みたいに言わないでくれ」

「橙夜」

「それって、僕を子供扱いして、対等に見ていないってことだろ。そりゃ、僕は無責任だし、嘘つきだし、耀にはいまだに甘ったれだけれど、僕はもう大人だから、駄目なところはちゃんとお前が悪いと叱ってほしい」

「叱られたいのか？」

「対等に見てほしいんだ！　僕を一人の男として扱ってほしいんだ」

必死で訴えると、耀は目を丸くした。

「すまない」

「だから謝らないでって」

「違うよ。子供扱いしてすまない、と言っている」

そう言って、耀は橙夜の手を握った。

「これからはお前を大人として扱う努力をする。だからお前も、本当のことを教えてくれ。お前の好きな場所も、好きな音楽も……そうだな、どんなデートが好みなのかも知りたいな」

優しく握られた指先から、彼のぬくもりが伝わって、橙夜は息を呑んだ。

「……じゃあ、耀も、教えてくれる？」

「もちろんだ」

「デートにも付きあってくれる？」

「ああ、お前の好きにしてくれ。夢でも言っただろう」

「えっ」

聞き間違いかと首を傾げると、耀はぷい、と顔をテレビに向けてしまった。

「ちゃんと口説いてくれって」

「……えっ」

そんなこと言われたっけ？　言われた気がする。

慌てる橙夜に、耀はそっぽを向いたままだ。

けれどその耳たぶが、じわじわと赤くなっている。

「だから、お前が俺を、デートに誘うんだ」

「う、うん！　うん！　分かった！」

橙夜もつられて頬を赤くしながらも、何度も頷いた。

「任せて！　最高のデートにしてみせるよ！」

10

デートの三日前から橙夜は、デートの前準備だと言ってホテルに宿泊していた。

『デートといえば会えない時間も醍醐味の一つだろ？』

確かそんな理由だったと思う。

橙夜が充分に稼いでいると知ったあとでも、準備のためだけにホテルを取るのはさすがに無駄遣いじゃないか？　と言いたくなる口を、なんとか噤んで耀は彼を見送った。

まずは橙夜の自主性を重んじなければならないと自分に言い聞かせながら。

『ほどほどにしておいてくれよ』

控えめに心配してみせる耀に、橙夜は少々血走った目でにこりとした。

『非日常感とサプライズが要だと思うんだ。いっぱい仕込んでおくからね‼』

『だからそういうのはいらないって』

耀が言い終わる前に、橙夜はふらふらと部屋から出ていった。

おそらくあのとき橙夜の頭は、週末のデートのプランでいっぱいだったのだろう。橙夜は一度夢中になるとまわりが見えなくなる。正直に言えば、期待よりも心配のほうが強い。

ろくに眠れないまま、耀は土曜日の朝を迎えた。

ぼうっとした頭を珈琲で引き締めて、支度をする。今日は部屋まで橙夜が迎えに来てくれるそうだ。

ざっくりとした編み目のマフラーを巻いて明るい色のコートを羽織る。いつもよりも髪もラフにまとめて、いかにも冬のバカンスふうの出で立ちだ。

「ちょっと若作りしすぎたかな」

ひとりごちながら、耀は椅子に浅めに腰掛けて約束の時間を待った。

あまり色々と気をもみすぎないよう、目を閉じて外の音に意識を集中させる。

にぎやかな人の声や車がゆきかう音、自転車のシャラランと軽い音。

その向こうから、やけに重い排気音をたてて近づいてくる物があった。

それがちょうど、耀の住んでいる建物のエントラスあたりに止まったあと、部屋のチャイムが鳴らされた。高価な車でもレンタルしたのだろうか。耀は深呼吸をして心を落ち着かせてからドアを開けた。

「おはよう、耀」

開いたとたんに、耀は吹きだしそうになった唇を慌ててひきしめる。

三日ぶりの橙夜は黒のスーツにドレスシャツで赤い花束を持っていた。全然遊びの部分がない。ほとんど新郎の出で立ちだ。

「やあ、おめかししているな」

一呼吸ぶんおいてから、答える。橙夜もここ数日、そうとうに迷走したのが窺い知れて嬉しかった。

「いや、緊張しちゃって」

「見ればわかるよ。似合っているからいいんじゃないか」

けれど一階のエントランスに出たとたんに、耀の笑顔は固まった。

橙夜はマンションに、ストレッチリムジンを横付けしていた。

黒光りする車体は、長すぎて入り口からは全体像が見えない。

「お待ちしておりました」

白い手袋をした運転手が、さっとドアを開けて耀を促す。

ただならぬ気配に覚悟はしていたが、実物を見ると衝撃が大きい。

「……すごい大げさな車でやってきたな！」

笑いをとろうという方向なのか？　と橙夜を窺うと、あ、これは失敗したなという顔をしているので本気だったようだ。

「こんな車に乗るのは初めてだよ」

耀は戸惑いをごまかしがてらリムジンを眺めてから、車に乗りこんだ。

大げさな演出くらいはいいじゃないか。

耀は、橙夜が最高だと思っているデートのプランを台無しにはしないと心に決めていた。

橙夜が悪いことをするたびに、耀はすぐに注意してきた。それが橙夜のためになると思っていた。生徒相手なら、どんな反抗的な子供にも時間をかけて言い分を聞くほど根気強く付きあえるというのに、どうにも橙夜相手には上手くいかない。おそらく橙夜に対して心の壁があるせいなのだろう。

橙夜の言い分に耳を塞いできたせいで、橙夜の想いに気付かずに、橙夜が悪魔に付けこまれる結果となったのだ。

そういった自分の臆病さを、耀は深く反省していた。

だから決して橙夜のしたいことを遮らないようにと、気を張っていた。

「こうして見ると見慣れた町並みも違って見えるな」

「そうだね、あ、あそこで降りるよ」

耀がようやく車窓からの景色を眺める余裕が出たころには、もうホテルに到着していた。

耀の住まいから比較的近い場所にあるそのホテルは、高級とは言えども、地元の人間がちょっとした記念日などに使うランクだったので、ほっとする。

「チェックインには早いと思うんだが、ここからどこかに行くのか？」

なにげなくそう問いかけると、またもや橙夜は気まずげな顔になった。

「うん……実は屋上でヘリを待機させているんだ」

安心していたところへの変化球に、耀はぽかんと呆気にとられた顔を晒してしまった。

屋上には本当に黒いヘリコプターが待機しており、うまいフォローも思いつかないまま耀はバラバラと回転するローターの風になぶられる。

「これで、ランチに……葉山まで行こうと」

「へえ、そう」

やりすぎたとわかっているらしく、おどおどした様子になってしまった橙夜に、力なく返したのは不可抗力だ。なんだかこれはバブル時代の狂ったデートコースみたいじゃないだろうか。若干二十八歳にしてどんな成金接待ライフを送ってきたというのだ。よくこんなコースを思いついたものだとむしろ感心する。

「葉山のコテージでランチの予約をしているんだ。都内の豪華なホテルよりも、静かな場所のほうが落ち着くかと思ったんだけど、手間だったかな。窓から綺麗な海岸が見えるいい場所なんだけど」

橙夜もこれ以上のサプライズは引かれるだけだと悟ったようで、手の内を明かしてきた。

「知りあいのシェフに出張してもらっているからキャンセルできなくてさ……」

「そうか……で、コテージは自前とかなのか？」

できるだけ内心の動揺を悟られないよう、耀は教師じみた態度で問いかける。

「いや、大丈夫、借りただけ。普通のログハウスだよ。城とかじゃないし」

「城はないだろ、昭和のラブホテルじゃあるまいし」

勢いで突っこんでしまって、耀は自分の台詞に思わず笑う。

「さすがにコテージは借り物か」

口に出して、またおかしくなった。

「いや借りたのだって贅沢だな。お前といると感覚が狂うよ」

耐えきれずにひとしきり笑い終わると、みょうに振っきれた。

「……ごめんね、やりすぎちゃったよね」

いたたまれなさそうに謝る橙夜に、耀は笑いすぎてにじんだ涙をぬぐって、軽くかぶりを振った。

「まあ、やりすぎだとは思うけれど、良かった」

「良かった？」

「お前はデートに、ポンとこの位の金が払える生活水準だって、知れたからな」

「いや、これは奮発したんだよ。耀との初めてのデートだから、ポンではないよ……あっ、貯蓄には手を出さない範囲で」

「ふふ、そうか、それは光栄だ」

耀は肩をすくめて、笑みをこぼす。

橙夜はプレイボーイだから、スマートなデートのプランを立てるのかと思えば、ここまでダメだったとは。きっと自分から誘う機会などなかったのだろう。

「橙夜、あまりデートに慣れていないんだろう」

「……そりゃあ、だって、耀以外に、こんな面倒なことをする必要なんて感じないから」

「この加減のわからなさからいって、歴代の彼女をエスコートしてどこかに出かけるなんてこともしてこなかったんだろう？」

最高のデートと豪語したものの、何も思い浮かばなくて、切羽詰まって冷静な判断ができなくなってしまった。そういう気持ちはよくわかる。相手を喜ばせたいという感情があまりにも強くてからまわりしてしまう経験なら、耀も充分に覚えがあった。

「……酷い男だと思っている？」

「まあそうだな」

そう言いながらも、耀は橙夜の手をしっかりと握った。

「でもそれを、嬉しいと思っている俺もたいがいだ。お互い様だな」

今の橙夜が、自分のせいで余裕がなくて必死なのがよくわかる。だからとても嬉しい。

上目遣いで橙夜を見ると、彼はごくりと喉を鳴らして頬を赤くした。

それだけで耀は、今まで勝手をされたり隠し事をされていたのも、もういいか、と許せた。傲慢で嘘つきでも、根っこの部分の橙夜は酷く傷つきやすくて純粋な、良い子なのだ。ただ才能があって人に愛されすぎるために、愛することに無知で不器用なだけで。

幸い、到着した先にあった暖炉(だんろ)つきの古風なコテージは、落ち着いた佇まいだった。

到着してすぐにシェフの用意した前菜が並べられてランチが始まった。シェフはまるでここがレストランのように二人を接客し、ワインのリストまで持ってきてくれていた。

シェフの心遣いの細やかさに、耀は少し緊張してしまう。

それを見咎めた橙夜が、心配そうに口を開く。

「実はこのあとクルーズ船で夕暮れを眺める予定だけど、考えてみたら移動ばっかりで疲れるよね……それはキャンセルしてもいいかな」

　このままではせっかくの休日に気疲れさせるばかりなのではと思ったらしい。

「リビングでのんびりテレビでも観てもいいし」

「かまわないよ。元のプランのままで」

　グラスのワインで喉を潤して、耀はほっと息をつく。

「せっかくだから、橙夜のやりすぎたプランを、とことん体験させてほしい」

　耀は、橙夜を安心させるために目を合わせて口角を上げる。

「お前がデートプランを立てる、なんて張り切るからさ。今週はずっと緊張して眠れなかった」

「ほんとう?」

　ほんとうだ、と頷いて、耀は銀のナイフを手に取る。

「でもお前があんまりにも不器用なものだから、緊張なんか吹っ飛んだよ。びっくりしたけど面白かった」

「不器用かな」

「人を使う態度はスマートだったな。ヘリにも乗り慣れた様子なのは感心した」

「褒められてはいない気がするけど、それなりに楽しんでくれてはいるってことだよね」

　不本意そうにしながらも、橙夜も安心したようだった。

「そうだ。楽しんでいるよ。おかげさまで」

耀も段々この状況に慣れてきて、食事の味にまで意識が向くようになった。

「この料理おいしいな」

「ありがとうございます」

次の皿をサーブしに来たシェフがにこりと微笑む。

「茢間さんの大事な人に食べてもらえると聞いて張り切りました」

「茢間はあなたのお店に良く行くんですか？」

「いいえ、店に茢間さんの絵を飾らせていただいていまして」

料理の説明をスマートにこなしながら彼はすらすらと喋る。

「明るくて、希望を感じる素晴らしい作品です。展示会で一目惚れして、なんとしてでも手に入れようと思ったんですよ。今は厨房からも見える、店のメインの壁に飾らせていただいています。落ちこんでいるときに見ると不思議と力が湧いてくるので、何度も助けてもらったものです」

「シェフの新しい店ができたとき、招待してもらったんだ」

いつまでも続きそうな称賛にいたたまれなくなった様子で、橙夜が割って入る。

「付きあいで色々なお店に招待されてきたけれど、こんなに素直においしいと思える料理は久しぶりでさ。耀もきっと好きだと思って。だから今日頼んだ」

「そうだったのか。嬉しいな。丁寧に作られていて、確かに俺の好みの味だよ」

感謝を込めて、耀は目を細める。

「よかった、ようやく耀の好みに合わせられた」

「光栄ですよ」

「そういえばお前の絵が、どこかに飾られているところを見たことがない」

厨房に戻るシェフを見送りながら、耀は、ぽつりと言う。

「国内にはほとんど出回ってないんだ。シェフも海外の展覧会で僕の作品を買ったんだ」

「ふうん。今度出品するときに教えてくれよ。観光がてら見に行くから」

「でも耀、絵画に興味ないだろ？　展覧会に行っても三十分くらいで出ていっちゃうのに」

「まあそうだが」

芸術に理解がないと思われているようで面白くないと鼻を鳴らすと、橙夜が焦る。

「いや、教えるよ、幾らでも！　いっそ一緒に行こう！　欲しいのあったらあげるし」

「それはいらない」

即答すると、橙夜がわかりやすく落ちこむものだから、耀は誤解がないよう言葉を続けた。

「橙夜の絵は見たいが所有したいわけじゃない。橙夜の作品の価値を、ちゃんとわかって欲しがる人がたくさんいるんだろう？　そういう人のために、お前は描くべきだ」

「……うん」

「俺のそばには橙夜自身がいるんだからな。それで充分だ」

にこりとして言い足すと、橙夜は目を潤ませた。

そんな、素直な反応を見ていると、ほんとうに彼は自分が好きなのだと実感する。

いまさらながら恥ずかしくなって、耀は目を逸らして、窓の外を眺めた。海の見える光景は絵画めいた美しさだ。

「これからもお前と、こんなふうに綺麗な光景を、ずっと見ていられたらいいなと思うよ」


小型だが美しいクルーズ船で、のんびりと夕日を眺める。

耀はデッキチェアに脱力しきって座り、夕日に目を細めていた。早朝から驚かされ続けたせいか、この穏やかな日没がことさら美しく見える。

「今日は僕の世話を焼かないんだね」

橙夜に声をかけられ、耀は重く感じるまつ毛をしばたかせて、にやりとする。

「お前のリードに従ってやっているんだ」

「それはどうも……」

声を濁しながら彼が耀の隣に座る。

「いつもお前のすることを、否定してばっかりだったからな。反省したんだ」

「今日の耀は大人の男、って感じ」

そういう橙夜はいつもより暗い。

「どうした？　落ちこんでいるみたいだが」

耀が促すと、彼はしばらく逡巡したあと、重々しく口を開いた。

「耀は、デートをするのは慣れているんだね」

耀はどきりとした。確かにそれはそうだ。

気軽に寝るといっても身元のしっかりしていそうな上品な男を選んできた。そういう男はムード作りに時間をかけるから、ホテルの前には食事や舞台に誘われるのはざらだ。

しかしいままであらゆる女性のヒモをしていたお前にそれを責められる筋合いはないぞ、と言い返すのは簡単だが、自らの男性遍歴をごまかしてしまう結果になる。考えてみれば橙夜に秘密にしていることが多い。

「そうだな、デートの経験はあるよ。お前以外のやつと」

正直に答えると、橙夜は黙りこんでしまった。

「心配しなくても今日が一番楽しい」

「耀好みのデートじゃなかっただろう」

臍（へそ）を曲げたように返してくるから耀は苦笑いをした。

「好みじゃないとは言ってないだろう。サプライズは成功しているよ」

優しく慰めたつもりなのだが、余計にこじらせてしまったようだ。

「それでデートは終わりか？　世話を焼かれたくなったのか？」

「そんなわけないだろ」

橙夜は口をへの字に曲げたまま顔を上げた。

「ネタバレだけれど、これから船で都内に戻るよ。ホテルでディナーの用意をしている」

「さすがだな」

「もちろんホテルの最上階のキーも入手済で……そこで耀を、ちゃんと口説くつもり」

そう言って、橙夜は耀に向き直る。

「……最後まで、付きあってくれる？」

腹を決めた様子の橙夜に、耀は背をしっかり伸ばして向き直った。

「もちろん、最初から、そのつもりだったよ」

夕日が橙夜の顔を輝かせている。頬も髪も蜜色に染まって宝石みたいだった。

「ねえ、耀、僕のしたこと、許してくれる？」

「許すも許さないも、本当は俺もお前に秘密があった」

「え」

耀は笑って彼を招き寄せる。

とっくに許してはいると気づいてもいないない橙夜には、ちゃんと話さないといけないようだ。

　本当は、デートが終わってから打ち明けるつもりだったが、ここまで不器用で真摯な姿を見ると、黙っているのは不誠実に感じられたのだ。

「俺は男が好きなんだ」

　曲解されぬよう、ずばりと告白して、なおも重ねる。

「そしてお前を、ずっと前から好きだった。もちろん、幼馴染の友情じゃない意味で」

「……えっ」

　とっさに、橙夜は言葉が出てこない様子だった。

　あからさまな動揺ぶりに、ここまで気付かれていないとは思っていなかった燿は、申し訳なくなる。

「なかなか言えなくてごめんな。叶わぬ想いだと、意図的にお前を遠ざけていた」

「……それは先に言ってほしかったな。すごく」

　橙夜は、精一杯とばかりの掠れ声を絞りだす。

11

今、耀はシャワーを浴びている。

先に浴びた橙夜は部屋中をぐるぐるまわりながらミニバーのボトルを手あたり次第に空けているのに全然酔いがまわらない。夕食もほとんど残してしまった。

耀が同性愛者だったと告白されて驚いた。全く想定していなかったのだ。おまけに続けて、自分をずっと前から好きだとさらなる驚愕の事実をぶつけられたせいで、ほとんど失神寸前になって、まともに喜ぶことすらできなかった。

そういう大きい秘密は、小分けに出してほしい。

それでも、その程度で許容量オーバーするような器の小さい男だとは思われたくなくて、なんとか平気なふりをして計画どおりにホテルまでエスコートしたが、それが橙夜の限界だった。

眺めのいい窓際の席で、向かいに座る耀は、高級なレストランでも見劣りしない上品な所作で料理を片付けていた。

耀は男と経験がある。そして橙夜に惚れていた。そんな秘密をずっと隠し持っていたと知ってしまうと目の前の男が、今までとは全く別人に見えてきた。

嘘が下手くそだと思っていたことも、初心だと思っていたことも、自分の勘違いだとしたら、本当の彼が、わからなくなる。

それなのに耀に焦がれる気持ちは増すばかりだ。早く手を伸ばして捕まえて、彼を全て暴いてみたいという焦りと、知るのが怖いと尻込みする気持ちがこんがらがって、カトラリーもろくに握れない有様だった。

そんな橙夜を前にしても、耀はニコニコしてあたりさわりのない会話を続けて、気づかないふりをしてくれた。それがまた己の不甲斐なさを実感させ情けなかった。

辛うじてホテルの部屋に誘うまではやり遂げたものの、この精神状態では勃たない気がする。本命を前にすると自分がここまで打たれ弱くなるとは思ってもいなかった。

妄想でなんども予行演習をしてきたことも、夢の中でめくるめくさまざまなプレイをしてきたことも、もはやまったく役にたたない。

これ以上飲むと今度は酔いで勃たないなと気づいた橙夜は、妄想でもして気分を高めておこうと、ベッドに横臥した。

耀はどんな姿で出てくるだろう。

モコモコのバスローブだろうか、それとも備えつけの浴衣を着てくるだろうか。

それともタオルで腰だけ隠して……ウッそれは刺激が強すぎる。

橙夜は枕の下に仕込んでいたゴムとローションを引きだして眺めながら、改めて情報を整理する。

耀はゲイだった。高校生でそれを自覚したんだって。大変悩んで苦しんだんだろう。大学で仲間を見つけて孤独でなくなったのは良かったけれど、つまりそれ以降、付きあってきたひとはみんな同性だってこと？　僕以外の男と寝ていたってこと？

打ちひしがれるには充分だ。

その上、耀の上を通り過ぎていった歴代の男と比べられてテクがないとか思われたらどうしよう。本格的に不能になりそう。

ゴムをつけるタイミングすらわからなくなってきた。数え切れないほど使ってきたはずなのに、それをまじまじ眺めていると、こんなもの本当に使えるのだろうかと自信を失う。

いやいや、前向きなだけが僕の取り柄じゃないか。

気持ちを切り替えよう。そうだ、瞑想だ。瞑想がいい。

そう思って仰向けにひっくりかえって目を閉じる。

耀が浴びるシャワーの水音。静かなエアコン。適度な部屋の温度。やわらかなベッド。すべてが絶妙に快適で、ここ数日の睡眠不足と慣れない出来事の連続による疲れもあいまって、橙夜の意識は一瞬で眠りのなかに墜落していった。

12

バスルームから準備万端で出ていけば、橙夜がベッドの中央に沈んでいた。

仰臥する橙夜はしみじみ長くて、よくもここまで伸びたものだと耀は感心する。

行儀よく胸の上で指を組んでいるポーズは、吸血鬼みたいだ。

「ここ数日眠れてなかったみたいだもんな」

橙夜のそばにそっと添い寝して、耀は橙夜の目の下をなぞる。そこはまるで殴られたかのように黒ずんでいたましい。

それにしても。まさか肝心なところで寝落ちするなんて。

耀は微笑して、それからほっとした。

耀が同性愛者だと告白したとき、橙夜は酷く戸惑っていた。

すっかり挙動不審でディナーもほとんど手をつけていなかった。

そんなに嫌だったのかと落ちこんで、もう帰るかと問えば、断固拒否された。

『僕は男が初めてだから、下手くそでも幻滅しないでほしい』

決して嘘やごまかしではないと感じられる、真摯な表情に胸を打たれた。

だから請われるがままにホテルの部屋へきたけれど、不安が拭われたわけではない。

相手のことが、幾ら好きでも、どんなにいやらしい夢を視ようとも、実物の同性の裸で欲情できるかどうかは別の問題だと、耀は知っている。股の間にある物は、だいたいの人が考えているよりも重要な事項だ。

男が好きで、動画では幾らでも興奮するのに、実際に裸の男を前にすると全然勃たなかったという話も耀のいる界隈(かいわい)では特別珍しくはない。特に橙夜のような理想主義者はそういうジレンマに陥りやすい気がする。

だから今日は寝落ちで穏便に終わってくれて、よかったのかもしれない。

「今日はありがとう。ゆっくりお休み」

頬にキスをして、耀は橙夜の腕に頬を寄せて目を閉じる。

愛しい男の放熱は、耀を幸福な眠りに誘いこんでくれた。

ぺちぺちと頬を叩かれて、耀はくぐもった抗議の声を上げげた。

久方ぶりに夢も視ずに眠っていたのに、起こすなんてどうかしている。

「ん……まだ夜中だろ？　トイレなら一人で行っておいで。もう大きいんだから」

寝ぼけた頭でぶつくさつぶやいて、ふらふらと手をふる。

「起きて、起きてよ耀」

それでも頬を叩いたり突いたりの、細やかな攻撃は止まらない。

「うー。せめて……あと、五分待ってくれ」

寝返りを打って背中を向けると、今度は肩をゆさゆさと揺らされた。やめろ、と払いのけた手首をシーツに押さえつけられて、唇を柔らかく湿った物で、ぴったりふさがれる。

「んむー！」

なにをする、俺は寝ているんだぞ、寝込みにキスなんて最低だ……。

……寝込みにキス!?　誰が!?

びっくりして目が覚めた。

「橙夜」

「やっと起きた」

目の前には耀を起こせて嬉しそうな橙夜がいる。アップで見ても美形だな。耀は感心した。

「耀、相変わらず寝ると全然起きないね。地震が来ても爆睡してそう」

「まあ、寝付きはすごくいいからな……」

耀はもぞもぞと起きあがる。

「あっ、起こしてごめんね。それから僕も寝落ちしてごめんなさい。今日の僕は本当に駄目だな」

半日の耀の機嫌が悪そうに見えたのか、橙夜は慌てた様子で謝り始める。

「もう今日はやめておこうと思ったんだけど、耀の可愛い寝顔見ていたら、これから挽回するぞ、って気持ちになってさ。ほら、夕食のときも、僕、態度悪かったし」

へりくだった様子で機嫌をとろうとすり寄る橙夜を眺めているうちに、耀の寝起きの頭も、だんだんと冴えてきた。

橙夜が寝込みを襲ってキスをしてきた。強引な彼らしいといえばそうだが、驚いた。

「橙夜」

「実は僕、今日が初めてエスコートしたデートだったたんだ。緊張してうまくいかなくても仕方ないだろ。でもさ、最後まで付きあってくれるって、耀も言っていたし」

「あのな、橙夜」

必死になっている様子の橙夜を、とりあえず落ち着かせようと耀は慎重に口を開く。

「なに」

耀が顔を近づけると、ごくりと彼が息を呑む。目元がほんのり赤らんで、潤んでいる。そのさまに、耀は今日なん度目かの、橙夜は自分が好きなのだという事実を実感した。

こんなにわかりやすく愛情表現をしてくる橙夜に、どうして今まで気づかなかったのだろう。言うまでもない。橙夜に自分の気持ちを隠すために、彼をまともに見ていなかったからだ。なんて身勝手に彼を振りまわしてきたのだろうと胸が痛む。

いまだ耀は、橙夜が男とのセックスが平気かどうかは疑わしいと思ってはいるが。キスは問題ないというのなら、しっかり味わわせてもらいたい。

「最初のキスがあれなんて、俺はすごく残念だな。楽しみにしていたのに」

「あ」

思い至らなかったとばかりに、橙夜は、ぽかん、と口を開ける。

さすがにハンサムが台無しなくらいに間抜けな顔だった。それがとても可愛くて、耀は笑って伸びあがり、彼の唇に自分のそれを重ねあわせた。

驚いて開いたままの口に舌を滑りこませて、顎の裏側をくすぐってやる。

「ん」

ぴくりと痙攣する橙夜の舌は薄くて長い。絡めとって唾液を啜り、扱きあげる動きをしながら、耀は橙夜の夜着の合わせから手を忍びこませて、鎖骨を撫でる。

不意打ちに対応できない橙夜はされるままに口内を荒らされて、目を白黒させていた。

「ぷは」

ようやく口を解放したときには、橙夜の目はすっかり潤んで、唇は赤く腫れていた。

「セクシーな顔になったな、橙夜」

そう言って、軽く頬を叩いてやると、急に彼の目つきがかわって、耀はそのままベッドに押し倒された。

「キス以上のことも、楽しみにしてくれていた？」

耀が曖昧に笑って肩をすくめると、耀の手首を掴む橙夜の指に力が込められる。

強引な仕草をしつつも、口元はもごついて、ためらいがあるようだった。

「僕は、男は初めてだから……その、上手くできないと思う」

「上手い下手なんか、気にする必要はない。気持ちが伝わる触れあいが一番大事じゃないのかな」

優しくなだめながら、耀はそっと膝を立てて、彼の股間を押してみる。直接的な刺激に、橙夜はビクリと腰を跳ねさせたものの、絶対逃げるものかと覚悟したようだ。

「今日はお前が全部プランを立ててくれるんだろ」

「うん」

「お前に任せるよ」

そう言って脱力すると、橙夜はわかりやすく首まで赤くしながら、顔を近づけてきた。

「じゃあ、僕のサービスで、今までの男なんか、全部上書きしてね」

子供ぶった甘い声を出しながら、目の奥に嫉妬の炎を燃えあがらせている。

今度は耀の喉が、ごくりと鳴った。

それでも、橙夜の前で裸になるのは勇気がいった。

「お前みたいに仕上げた身体ではないが」

引かれる覚悟をしつつ耀は寝台の上で膝立ちになり、ナイトウェアを脱ぐ。その下にはなにも纏ってはいないので、あっというまに素っ裸だ。

体毛は全て処理しているし、手入れも充分で色素沈着もないし、清潔感はあると思うが、どうやっても男の身体だ。

「まあ、でも夢の中で見たか？」

伏せた目をちらりと上げて、目の前できっちり座っている橙夜を見ると、彼は瞳孔をぐわっと開いて前のめりになっていた。

「……綺麗」

あんまりにも実感が籠っているものだから、ようやく、耀は自分の心配が杞憂だと思えた。

「綺麗なピンクだね。ぷっくりしていて大きくて」

かぶりつきで彼が見ているのは耀の乳首だ。

「まあ、仕上げてはいないが手入れはまめなほうだから」

ほっとすると同時に、あまりに間近で凝視されていることに恥ずかしくなる。

セフレにはいつのまにか、裸を見られても動じなくなっていた。幾ら賞賛されようとも挨拶程度の認識だったが、気持ちが入るだけでこんなにも視線というものに熱を感じるとは。

「……触ってみるか？」

見られるだけの状況が耐えられなくて誘うと、橙夜はごくりと喉を鳴らして、そろそろと手を伸ばしてくる。

「ん」

橙夜の指先に、かすかに触れられただけで、ビリビリと感電したみたいに感じて、耀はぴくりと腰を震わせた。

「……ここ、好き？」

問いかけられて、素直に頷く。

「好き。もっと強くされてもいい。気持ちいい」

橙夜は息を呑むと、おもむろに大きく口を開いて、胸の先端にしゃぶりついてきた。

「あ！　ああ、そこ！」

橙夜の愛撫は大胆だ。片方の乳首をざらりと舐めては音を立てて吸ってくる。そのたびに、耀はびくびくと下腹部を痙攣させて、無意識に橙夜に自分の胸を押しつけた。

それに応えるかのように、橙夜は耀の乳首に歯を立てて、先端のささやかな窪みを舌先でくじる。

「うん、そう、そこ……」

耀の理性がとろけていく。もっと気持ちがよくなりたくて、放っておかれているもう片方に手を伸ばすと、橙夜に目ざとく払いのけられた。

「駄目」

どうやら耀の抱かれ慣れた反応に怒っているようだ。

「耀は、僕の手を覚えておいて。したいことがあるなら口で言ってほしい」

橙夜は、まるで子供に言い聞かせるように眉間に皺を寄せてかぶりをふる。

嘘だろ橙夜。俺はもう三十二歳だ。経験くらいは積んで当然では？

などという反論は絶対にしてはいけない雰囲気だ。

「いいよ。俺、リードされるほうが好きだから」

同意のつもりで言った台詞もまた、余計なひとことだったらしい。

橙夜は神経質に眉を跳ねあげて、低い声で問うてくる。

「耀は乳首を、どんなふうにされるのが好き？」

口調はほとんど尋問だ。

「そうだな、前歯で軽く噛まれたり、人差し指と親指でこう、くるくると……んっ」

「ふうん、こう？」

「あっ、そう、最高」

ああっ、と大げさなくらいに反応して、耀は彼を、とろけた顔で見上げてやる。

「上手だよ、橙夜」

「それは誰と比べて？」

いまだ詰問調の橙夜に、耀はまた眉を寄せる。

「誰でもいいだろう、橙夜。俺はもっと触れあいたい。好きあっているんだろう？　俺たち」

「そうだけれど……」

耀は腕を伸ばして、ふてくされている橙夜の唇に触れる。

「俺が好きなのはお前だけ。昔から、これからも、俺の胸にいるのはお前だけだ」

慰めめいた触れるだけのキスを繰り返し、優しく囁いていると、次第に、橙夜のふてくされ顔が消えていく。

「キスしてくれよ。橙夜。俺、お前とたくさんキスがしたい」

「耀」

甘くねだると橙夜ははにかみ、やけに初々しい顔をして耀の口に触れてきた。

「んん」

耀はうっとりと目を閉じる。

橙夜のキスはロマンチックだ。ふわふわしたマシュマロみたいに柔らかい。耀の唇をついて寄り添って、そっとこすりあわせてくる。強引さのひとつもない。

「お前にこんなに良いキスができるなんて」

は、と息継ぎの合間に耀は囁く。

「バカにしているの?」

「していない。俺よりずっと上手だよ」

疑わしそうにしている橙夜の頬を、耀は心を込めて撫でる。

「お世辞じゃない。お前のキスは、愛しあう小鳥みたいに優しい。胸が満たされるキスだ」

あからさまに性感帯を刺激して、パーティみたいに盛りあがるキスでは味わえない。

気持ちよくなってほしい、嫌われたくないという想いを臆病に渡されるようで。

「幸せで目眩がしそうに気持ち良くて、お前を大事にしたいと思うキスだよ」

「ほんとう？　耀」

橙夜はゆっくりと目をしばたかせて、耀の柔らかな髪に触れる。

「じゃあ、キスだけでイける？」

「ふふ、それはいずれにしよう。疲れてしまう」

耀は脚を橙夜の腰にひっかけ、踵で彼の太ももを引き寄せる。

目を丸くする橙夜の口に息を吹きかけて、耀は目を細めた。

「橙夜は、ココに挿れた経験はあるか？」

そう言って、腰を擦りつけてやる。それだけで、橙夜はごくりと生唾を呑みこんだ。

「……ないよ」

「そうか。それはいいな」

「なんでだよ」

「俺がお前の初めてをもらえるわけだし」

にこりとすると、橙夜が眉間に皺を刻む。どうせ、耀は初めてじゃないんだろ？　と拗ねているのだろう。けれどそろそろそんな不毛な会話は終わりにしたい。

「挿れてみたい？」

さらに脚を絡めて、橙夜の腰を、自分の下腹部に密着させる。

橙夜の身体は反応している。そこは岩でも仕込んでいるのかというほど固くなっていた。

自分に興奮しているのだと、まざまざと感じて、耀の肚の奥から、疼きがわきあがる。

その奥を、早く突いて、満たしてほしいと思う。

「興味はあるんだろう？」

「……そりゃあもちろん」

じゃあ、と、耀は彼の指を取って、自分の秘部へと導いた。

「多少の準備はしている。ここを濡らして、指を入れて」

そこに触れられると、さっきたっぷり仕込んだローションが、とろりと溢れる感触がして、耀は身震いしながら、囁いた。

「内側から触ってほしい」

橙夜がごくり、と再度生唾を呑む音が、やけに耳に響く。

「優しくするから、やらせてほしい」

耀が頷く前にもぐりこんできた指に、耀は小さく声を上げながらも、拒否していないという意思を示そうと、橙夜のナイトウェアを脱がす。

ボトムスを引っ張ると固くそそりたつ彼の性器が現れて、耀は目を離せなくなる。

「あんまり見ないで」

橙夜は恥ずかしがりながらベッドサイドのローションを片手で開けて、中身を掌であたためる。

酷く手慣れた一連の所作に、耀の胸がちりりりと痛む。

まったく、自分も橙夜のこと、全然言えないな。

「なんだかお前が抱いてきた女に、嫉妬してきたよ」

「耀、嫉妬なんかするんだ」

いかにも意外といったふうな橙夜に微笑み、耀は彼の下腹部に触れる。

「お互い様だな」

そっと這う指にすら、耀の表皮は敏感に快楽を拾ってひくひくと震える。

耀が脚を折りたたんで、大きく開くと、橙夜の指が、さらに奥まで入ってくる。

「んん」

耀は腰を浮かせて、自分のいい場所へと彼の指先を当てる。

「ここがいいの？」

後ろ手で、シーツをきつく握りながら、耀はこまかく何度も頷いた。

「そこを優しくこすってくれると……ンッ、あ、ああっ」

高い声を上げて感じ入ると、橙夜の目の色が変わる。

「はは、すごいね。そんなに腰振って、空気とセックスしているみたい」

「は、はあ、ハハ、恥ずかしいな、どうしても動くんだ、気持ちいいと」

汗でにじむ目を眇めながら言うと、橙夜が身を乗りだしてきて、軽くキスをしてくれる。

「他にもいいところがあるの？」

「ああ、そこからもうすこし、奥の……」

「ここ？」

「ん、んう」

敏感な粘膜を、すりすりと指の腹で擦られて、よい場所を、とんとんとノックされる。

その感覚がたまらなくて、耀は身をよじりながら身体の奥を締めた。

「すごく締まる」

橙夜の声が興奮で掠れている。

しっとりと汗をかいた肌に、酩酊しそうな、欲情のにおいをまとわせて。

「橙夜」

彼とセックスしているんだ、と実感して、たまらなくなる。

だめだと思いつつも、想うことを止められないほど好きだった相手に、大事に触れられている。それだけで軽く極まりそうになる。

「もうひとつ、触ってほしいところがあるんだが」

大人ぶる余裕もなくなって、耀は甘えた仕草で彼の首に腕をまわして身体を密着させる。

二人の間に籠る空気が温度を上げる。

「どこ？　触ってあげる」

次第に調子の出てきた橙夜が、獣が喉を鳴らすような、低く、艶めいた声を出す。

たまらなくなって身震いしながら、耀は彼に耳打ちした。

「そこ……指じゃ届かない場所にあるから……」


仰向けになって大きく脚を広げて、橙夜の腕を引っ張りながら、耀は言った。

「もう挿れられるから」

きっと自分は酷く物欲しそうな顔をしているのだろうと耀は思う。橙夜は緊張しながらも急いでゴムの封を切って装着している。

橙夜のそこは想像以上に大きく育っていた。カリが張って、青筋を浮かべて、耀の方に頭を向けるさまは凶悪だった。

まったく、俺に経験があってよかっただろう？　と言いたくなるサイズだ。

「お前、こんなところもハンサムなんだな」

「はは、耀がシモネタ言うのなんて初めて聞いたよ」

そう言いながら、耀に導かれるままに、橙夜は彼のすぼまりに先端を当てる。

「挿れるよ」

「……ああ。ゆっくり、来てくれ」

同時に、後ろにぐっと、圧迫を感じた。耀は浅い息を吐きつつ身体を緩め、彼の欲望を受け入れていく。

「はは、夢みたいにはうまくいかないな」

汗をしたたらせながら、橙夜がこぼす。

「でも、すごく気持ちがいい……あ、もういっちゃいそう」

目を細めて色っぽく囁くものだから、耀の後ろも切なく締まる。

締めつけられた橙夜がかぼそい声を出すものだからたまらない。

「あっ、まだ、もうちょっと、がんばってくれ、橙夜」

「ん、んん」

もうお互い会話もおざなりで頭がうまくまわらない。でも、まだイキたくはない。

「奥まで……触ってくれるんだろ?」

「うん、もちろんだよ」

橙夜は歯を食いしばり、耀の内側にある性感ポイントを突きあげてきた。

「アンッ」

不意打ちの強い刺激に、思わず高い声がまろびでた。

「ここでしょ、耀」

耀の良い反応に、僅かに余裕ができた様子で橙夜が笑う。

「僕、覚えがいいからさ」

「う、うん、あ、ああ」

大きな手で尻をわし掴まれて、小刻みに揺さぶられ、耀は声が止まらない。

気持ちいい、気持ちいい。快楽の波が次から次へと押し寄せてくる。

「もう覚えたよ」

「あっ、待って、アッ、アアッ」

「ここも」

「ハ、アア！」

耀は背中をのけぞらせて、橙夜の動きを全て感じ取ろうとする。

収縮する襞にこすりつけるように、硬く熱い物が、力強く動いている。

「……‼」

びくん、と身体が跳ねあがり、耀は一度目の絶頂に駆けあがった。

「イッちゃった？」

「は、はあ」

「でも出してないね」

そう言って、橙夜が耀のペニスを握る。緩く扱かれるだけでも、イッたばかりでは刺激が強かった。

「あ、ばか、ん」

直接的な刺激は鮮やかすぎて、まるで傷口に触れられているような恐怖を感じて無意識に身体が逃げる。けれど橙夜はそれを許してはくれなかった。

「ここも気持ちよくしないの？」

しっかり押さえこんできて、執拗に、耀のカリへの愛撫を続ける。

「出せない、んだよ、お前のがでかいから……っ」

ふうん。と、橙夜の目が良くないほうに輝く。

「じゃあ僕がイケるまでイケないってこと？」

「あ、ばか、待って」

「頑張るね！」

いい笑顔で宣言するが早いか、橙夜は親指の腹で耀の先端を擦りあげながら、繰り返し耀のなかの性器をスライドさせてくる。

「あっ、ああ、ばか、ん、んあっ」

強く身体を揺さぶられて、マットレスが嵐の上の小舟のごとく揺れる。

「はは、ビクビクしている」

橙夜はそう言って、耀の腹を強く押さえてくる。

「ここまで来たよ……耀、奥も気持ちがいい？」

「橙夜……」

下腹部を圧迫される快感に、びくびくと痙攣しながら橙夜を見上げると、彼は耀をじっと見つめて、かがみこんできた。

「ねえ、僕で気持ちいい？」

「ああ……」

「誰よりも？」

「さあ、わからないな。初めてだ、し」

「なに言っているの」

「ほんとうに、好きな相手とするのは……初めてだから」

恥ずかしくなってそむけた顔を、大きな手が包みこむ。

「それは、僕だってそう」

頬にキスをして、耳の中に甘い声を吹きこまれる。

「ねえ、本当に好きだよ」

熱い、湿った息で、とろけるような睦言(むつごと)を流しこまれて、耀はくらくらした。

「セックスなんて気持ちのいい挨拶程度に思っていたけど……自分から、キスをしたいと思ったのは耀だけ」

「ア」

橙夜が更に上体を倒し、耀の身体が折りたたまれる。繋がりが深くなる。橙夜の熱い性器はとても長くて固く、耀の肚のなかは、否応なく彼の形に変えられていく。

「嫌われたくなくて、だから怖くて、触れると震えてしまいそうになるのも」

「あ、あう」

骨がずれるのではないかと思うほどに脚を開かされ、彼のそれが、更に奥にくる。どくどくと、脈打ちながら隘路（あいろ）を拡げる。耀の蠢（うごめ）く腸壁が、怒張（どちょう）しきった欲望にごりごりと擦られて、視界にぱちぱちと火花が散る。

「アッ、ふかい」

「僕のペニス、気に入った？」

あまりに続く衝撃に、目の焦点が合わなくなっている耀に、橙夜が言う。

「ここまで触れるの、僕が初めて？」

「あ、ああ」

「もっといけるよ」

「あっ、だめ、それ以上は！」

悲鳴じみた耀の拒絶に、橙夜は嬉しそうに笑った。

そしてぐっと腰を強く掴まれて、拒絶の言葉は悲鳴に変わる。

橙夜の欲望は耀の内壁に絡みつかれながらいちど浅くまで引き下がったあと、奥まで一気に、突きあげてきた。

「……！」

内側から腹を殴られるような衝撃に声も出せず、目の前が白くなる。

痛みは一瞬で快楽へと反転し、全身の血が逆流したかのようだった。

くる。

そう思った刹那、感電したみたいに身体が跳ねあがった。

「……ァ、ア、……アアッ！」

閃光の走る快感が一瞬。そのあと快楽の高波が繰り返し、耀に襲いかかってくる。

「あっ、ああ、もう」

「びくびくしてる。またイッてるの？」

苦しいほどに気持ちがよくて、もうやめてほしいくらいなのに、橙夜は容赦なく腰を揺らして、耀が狂いそうになる最奥をしつこくぐりぐりとかきまわしてくる。

「あうっ」

「いい？」

「い、いいっ」

耀は蛇のごとく身体をくねらせ、橙夜の精液を搾り取ろうとしてしまう。

「は、ナカがすごいことになってるよ」

橙夜もその動きがたまらないのだろう、暴れる耀を押さえつけて、さらなる快感を得ようと、自分のいい場所を耀の襞にこすりつけてくる。

「あっ、アアッ！　とうや」

繋がっている場所が、発火したみたいだ。

身勝手に動き始めた彼の動きに、耀は更に興奮してしまう。

大きな手で、ぐっと胸の上を押されて身体を固定される。

「…………」

息を止めたまま、耀はびくり、と絶頂する。脳がしびれてたまらなく気持ちがよくて、耀は橙夜の腕に爪を立てて息を詰め、びくびくと痙攣を続けた。

「ああ、耀、耀」

さすがに橙夜も限界が近いのか、切羽詰まった声で繰り返し呼ばれる。

「とうや、とうや」

たった一つの言葉しか知らない子供みたいに、幾度も返して、必死に橙夜にすがりつく。

「く、あ」

小さな声を上げながら、橙夜がいっそう深い場所まで潜りこんでくる。そこで彼の性器が跳ねあがった。

「……！」

耀の奥が収縮して、橙夜の精液を搾り取るような動きをする。

それに合わせて、橙夜はゆるく腰をスライドさせたあと、派手に胴震いして、ばたりと耀の隣に落ちてきた。

ベッドが派手に揺れて、耀は一瞬宙を飛んでいるように感じた。

「ハ――――……どうだった？」

開口一番にそれか？

と言って笑ってやりたかったが、耀はまだ絶頂の波に溺れている。

ひくり、ひくりと身体を震わせている耀を見て、橙夜もそれを悟った様子で、濡れた身体をそっと撫でる。

「まだ感じているの？」

わずかに精液を漏らしてうなだれるペニスを撫でられて、イエスのかわりに全身が激しくわななないた。耀の様子に橙夜がふっと目を細める。

「僕の耀」

舌の上で転がすように囁くと、唇で、いまだ震える耀の頬に触れてくる。

「あなたは僕の、輝ける星だ」

　古めかしい詩めいた調子でそう言ったあと、彼は、愛していると囁いた。


　夕食は、橙夜の手作りだった。

「肉じゃが！」

　どうだ、と目を輝かせて差しだされたのは巨大な皿に山盛りになった芋と肉だ。

「どう、味は」

　橙夜って料理できたっけ？　と戦々恐々としながら口に入れた耀だったが、拍子抜けするほど普通においしい。

「うまい……高い肉の味がする」

　うまいが、絶対これ肉じゃが用の肉じゃないだろ？

　もぐもぐと味わいながら耀は思わず真顔になった。

　部屋の隅に積みあがっている食材が入っていたと思われるダンボールの山は今や天井に届きそうだ。

　想いが通じあってから、橙夜は変わった。

　とにかく甲斐甲斐しくなった。耀を気遣って色々と手伝おうとしてくる。

　料理を始めたのもその一環だ。

「料理に大事なのはシェフの腕じゃなくて良い素材とうまい調味料だって」

物知り顔で橙夜が胸を張る。

「だから知りあいに頼んで各地の最高の食材とおすすめの調味料を送ってもらったよ」

「すごいな。送料だけで俺の一年分の食費になりそう」

貧乏なわけではないが金持ちでもない耀としてはこういう豪快な浪費は心臓に悪い。

料理一品作るだけでどうしてそんなに散らかる？　爆発でもしたのか？

……と目を逸らしたくなるキッチンの惨状もしかり。

「初めて作ったのにすごいな。お前はなんでもできてしまう」

それでも耀は笑顔で橙夜の頭を撫でる。教育は褒めて伸ばす方針だ。

「またお前の初めてをもらってしまったな」

「僕の初めては、全部耀でかまわないよ」

橙夜はいそいそと大皿をダイニングに運んでテレビをつけて、一緒に見ようと耀を誘う。

そんな、ふとした瞬間に耀は、橙夜とほんとうに両思いなのだな、と思う。これが夢じゃないなんて実感できなくて、耀はいまだに雲の上を歩いているような夢心地が抜けない。

セックスもした。橙夜はちゃんと耀の身体で興奮してくれた。体の相性は最高だった。最初からイキまくってしまってちょっと恥ずかしいくらいだった。

なんだか怖くなるくらいにいろんなことが上手くいってしまった。

「なあ、橙夜」

橙夜の隣に落ち着きながら、耀は甘く呼びかける。

「なに？　耀」

同じ調子で返しながら、橙夜が耀の頬にキスをする。

「今夜はキスマークつけてくれ。見やすいところ、例えば内ももとかに」

「……了解」

けれど、ずっと胸に灯り続ける、この暖かさはきっと、本物なのだろう。

これが、幸せと、好きという気持ちが合わさったものなのかと、耀は柔らかな唇の肌触りにため息をもらす。

「なあ、橙夜、あれすごいな」

キスの合間になにげなくテレビの画面に目をやって、耀は思わず声を上げた。

画面のむこうではニュースキャスターが、今までは肉眼では見えないほど暗かった星がとつぜん輝き始めたと解説している。

画面に映しだされたそれは、ほんとうにキラキラとした、七色の輝きを放っていた。

学者達はこぞってこの星の組成を分析しているそうだ。

「すごいな、ミラーボールみたいだ」

派手好きな橙夜が好きそうだ。

そう思って、橙夜を眺めると、彼は何故だか石像のごとく固まっている。

「どうした橙夜、腹でも痛いのか？」

首を傾げる耀の背後で、ニュースは続けられている。

『この星にはすでに名前がつけられており』

興奮気味のキャスターが、原稿に目を落とした一瞬、フッと笑ったように息を漏らす。

『名前は……マイシャイニングスター耀というそうです』

「マイシャイニングスター……？」

目を丸くする耀の前で、テレビはキャスターの満面の笑みを映しだしている。

『まるで今日を予言したように、素晴らしいネーミングですね』

■あとがき■

こんにちは。このたびは『あなたのえっちな夢は全部悪魔のせいだよ』をお手にとってくださり、ありがとうございました。いいタイトルですね（自画自賛）。

またもや久しぶりの新刊でおののきです。一年以上もこねくりまわしておりました。

そして今回からペンネームも変更になりましたので、本当に誰……？　と思われていそうで、もうこちらがデビュー作です！　としらばっくれたい気持ちでいっぱいですが今後ともどうぞよろしくお願いいたします。

今回はアホエロを目指したくて頑張ってみました。私は比較的理解のある優しい攻を書くことが多いのですが、性格に問題ある攻も大好きなので挑戦させていただきました。相手の受けは攻に負けないくらい強いのが良かったため、ついついそれに合わせて攻も巨大化させてしまい、おまけに高収入設定に天使悪魔も参加して、ずいぶんにぎやかなお話になったんじゃないかと思います。お好みに合いましたら嬉しいです。

天使と悪魔さんの設定はずいぶん前に決めていたのですが、最近公開になった大好きな天使と悪魔さんの設定に偶然ちょっとかぶるところがあってひっそり喜んでいます。

今回は日塔てい先生に挿絵をお願いできました。肉感的で色っぽくて、鮮やかな絵柄がとても素敵で、いつかは……と思っていたので嬉しいです。キャラデザ最高ですよね。頂いた橙夜のラフ絵が超セクシーでドキドキしました。作家冥利につきます。担当様がこの話は日塔先生が合うと言ってくださったこともとても嬉しかったです。

ラストのお話以降、耀と橙夜は同居をはじめて、体より心の繋がりが大事だってことをしみじみ実感していくんじゃないかと思います。喧嘩する回数は増えそうですが、仲良く年をとって、アラ還あたりで耀が学校を退職したあとは二人で世界中を転々としながら絵を描いて暮らす生活をしてくれたらいいなと思っています。

それでは、この本の制作に携わってくださったみなさま、なにより、本書を手に取ってくださったみなさま、本当にありがとうございました。

楽しんでいただけましたら、とても幸せなことです。

それではまた、お会いできますように。

一滴しぃ

初出
「あなたのえっちな夢は全部悪魔のせいだよ」書き下ろし

この本を読んでのご意見、ご感想をお寄せ下さい。
作者への手紙もお待ちしております。

ショコラ公式サイト内のWEBアンケートからも
お送りいただけます。
http://www.chocolat-novels.com/wp_book/bunkoenq/

あなたのえっちな夢は全部悪魔のせいだよ

2023年11月30日　第1刷

著　者:一滴しい
発行者:林 高弘
発行所:株式会社　心交社
〒171-0014　東京都豊島区池袋2-41-6
第一シャンボールビル7階
(編集)03-3980-6337 (営業)03-3959-6169
http://www.chocolat_novels.com/
印刷所:図書印刷 株式会社

アルファの園の、秘密のオメガ

Si

イラスト・松尾マアタ

まずはこのアルファを飼いならそう。
オメガの自由のために。

Ωの保護区ルーシティ島。αとの見合いを拒み薬で発情させられたレスリーは、島に侵入した変わり者の美しいα、ジェラルドと事故のようにつがいになってしまう。優秀さゆえにαの支配を否定してきたレスリーは絶望するが、意外にもジェラルドはレスリーに従順なほど甘く優しい。このαを利用してやろう——心を決めたレスリーは、ジェラルドに頼み、彼の通うΩ禁制のパブリックスクールに性別を偽って編入するが——

愛しい犬に舐められたい

S・i

イラスト・亜樹良のりかず

オス犬が好きなんだろう？

犬しか愛せないし欲情できない。そんな異常性癖を隠して地味に生きる片貝は、会社帰りに迷い犬を捜す怪しい探偵・赤羽根に出会い、犬の保護を手伝う。数日後、どういうわけか片貝は赤羽根の事務所に出向を言い渡され、いわくありげな〈犬捜し〉を手伝うことになっていた。赤羽根はグレーの髪に琥珀色の瞳、モデル並みの容貌のくせに物好きにも片貝を口説いてくる。犬以外に好かれても迷惑だったが、赤羽根の瞳はなぜか、かつて恋した飼い犬を思い出させ――。

嘘つきタヌキの愛され契約結婚

ルロイの子を孕めたらよかったのに

オスでも子が孕める多産なタヌキ一族の日和は、妹の身代わりにワシの名門一族・アドラー家の次期当主ルロイと見合いすることになる。オスを理由に断られるとばかり思っていたのに、婚姻が決まり日和は焦る。日和は不妊のタヌキだった。二年間隠しきれば穏便に離婚できる。だけど迫力ある美貌を持つルロイにたっぷりと甘やかされる結婚生活に、後ろめたさを感じながらも日和はドキドキしっぱなしで…。

鳩かなこ
イラスト・Ciel